山谷學堂的10日任務

李相學／作者
李甲珪／繪圖
尹嘉玄／翻譯

目次

登場人物

許素苡

韓國男團 Bigstar 的瘋狂粉絲，喜歡一邊讀書一邊唱歌，擅長英文。

徐恩恭老師

身形如山，熱愛務農，總會在關鍵時刻現身。似乎有著不可告人的過往。

張善雨

資優生，因成績不斷下滑而變得脾氣暴躁。喜歡畫畫。

金燦敘

手機成癮，打電動時會進入忘我的境界。愛開別人玩笑。

朴有娜

因為總是在昏睡而獲得「眠主」的稱號。喜歡照顧動物。

作者的話

每個人都能成為自主學習的孩子

你聽過「自主學習」嗎？還是覺得困惑：「自己一個人要怎麼學習？」其實，在小學生當中多數都還在依賴爸媽幫忙安排讀書計畫，或者只讀師長指定的功課範圍，因為學校不再舉行期中考和期末考*，只有班導師會安排單元評量，所以把爸媽吩咐的功課範圍讀好便足夠，和同學之間也不會有太大的實力落差。

然而，等上了國、高中以後，隨著學習的科目變多、內容也變難，還有期中、期末考要應付，爸媽便難以再幫忙安排讀書計畫，顧及每一項科目。因此，還請大家把「學習不是為了父母或老師，而是為自己」這件事銘記於心，找出適合自己的學習方法，成為能夠自主學習的學生，才不會覺得讀書乏味又無趣。

出現在書中的四名主角，都是在生活周遭常見的小朋友——喜歡偶像團體的素苡、進入青春期的善雨、智慧型手機不離手的燦敘、愛睡覺的有娜，他們的故事可能就是你自己的故事，也可能是你朋友的故事。放假期間，這四名小朋友在山谷學堂裡相遇，認識了恩恭老師，不僅向他學習自主學習的方法，還領悟了要先找到學習的理由，學校生活和讀書學習才會變有趣。

只要讀完這本書，你一定也能像四名主角一樣學會自主學習的方法，不過更重要的是，不能僅止於找到方法，還要養成習慣並澈底落實才行。

四位主角起初都覺得自主學習十分困難，但隨著一次次體驗「計畫↓實

＊自二〇一七年起，韓國各地方教育廳便接連廢除小學學生的期中、期末考制度，並以簡單的單元評量、課堂表現來檢視孩子的學習成效。

踐↓檢討」的過程以後，最終在不知不覺間養成自主學習的習慣，相信你也做得到。每天試著在學習前先仔細擬定當日讀書計畫，再按照計畫學習，睡前再重新檢視自己設定的計畫，透過檢討一天的生活，體驗看看吧！

一開始可能無法將計畫執行到百分之百，不過沒關係，關鍵是持續養成「計畫↓實踐↓檢討」的學習模式，久而久之就能養成自主學習的習慣，未來就讀國、高中時，也會成為自主學習的佼佼者。

我要再強調一次，讀書學習是為了自己，不為別人，所以一定要由自己主動進行，要是能將這點記牢，養成自主學習、計畫未來的好習慣，成為獨立成熟之人，老師就別無所求了。每個人都能成為自主學習的孩子，立刻行動吧！

01

為什麼我的功課不好？

沒有歐爸們，我會活不下去

素苡接過一只裝有男子偶像團體「Bigstar」周邊商品的包裹後，難掩激動的放聲尖叫。

「是我的歐爸*們！」

在廚房查看冰箱內部的媽媽，看見女兒這樣的舉動不禁搖頭。

「素苡，你哥就坐在沙發上，喊什麼我的歐爸啊？」

素苡看了一眼在沙發上邊看手機邊挖鼻孔的哥哥素俊，忍不住翻白眼。

「媽，你拿誰和我的歐爸相比啊！光長相就天差地遠，而且他們才不會像他那樣挖鼻孔呢！」

「喂！許素苡，每個人都會挖鼻孔，你以為Bigstar就不會挖鼻孔嗎？」

就讀國一的素俊一臉不屑的說著。

「才不會呢！我的歐爸才不會做出這麼骯髒又噁心的舉動！」

素苡怒氣沖沖的坐在沙發前開始拆包裹。紙箱一打開，Bigstar成員的大型壁掛海報與寫真小卡瞬間傾洩而出。

素苡將照片緊緊擁入懷中，陶醉癡迷的說：「啊——實在太帥了，超級無敵帥！」

「你到底是哪來的錢每天買這些東西？」素俊看著滿臉通紅的素苡問。

「我用零用錢買的啊！你以為我像你一樣，只知道買遊戲片嗎？」

「遊戲片和男團周邊商品不都是半斤八兩的東西嗎？」

素俊搖搖頭，整個人倒臥在沙發上。

＊歐爸：音譯，原文오빠為韓文中女生稱呼哥哥的用詞，後廣泛用於關係親近、比自己年長的男性。

媽媽來到素苡身旁，憂心的詢問：「素苡，你做完補習班的作業了嗎？暑假作業呢？」

「我要看著我的歐爸寫作業。」

媽媽拿起那些周邊商品一一查看，然後低聲嘆氣。

「素苡，我不會阻攔你喜歡他們，但還是得把該做的事情做完再追星，不然你一定又會欣賞這些照片到深夜，作業拖到凌晨十二點都寫不完。」

「我寫就是了，有必要這樣嗎？」素苡氣呼呼的回答。

「重點是怎麼寫，心不甘情不願的寫作業，能學到東西嗎？補習班的數學老師才說你最近成績不是很理想。」

「我不過是幾次考試沒考好而已！」

「就是因為不只幾次，所以我才會念你，聽說你連上課時間都在想那些有的沒的，是嗎？」

「老師是有進到我的大腦裡，親眼看到我在想什麼嗎？」

素苡直接回嘴頂撞，於是媽媽不發一語，臉色一沉。躺在沙發上滑手機的素俊察覺到苗頭不對，悄悄起身。每次只要感覺到母女倆要開始吵架，他就會逃離現場。素俊躡手躡腳的往自己的房間走去，時不時回頭偷瞄她們。

「媽，她應該喜歡Bigstar勝過你喔！你就算說破了嘴，她也不會聽。」

素俊一邊說，最後還用屁股對著素苡「噗」的放了個屁。

「啊！許素俊！你老是喜歡對著我的臉放屁！為什麼？煩死了！」

素苡幾乎是用快要哭出來的嗓音怒吼，追著素俊跑。素俊生怕被素苡逮到，連忙衝進房間內將門反鎖。素苡一邊旋轉門把，一邊用力拍打房門。

「許素俊，你死定了，我真的不會饒過你！」

「嘿嘿嘿！不饒過我又能怎樣，你的那些歐爸還不是會放屁！」

「才不會！他們才不會呢！許素俊！」

面對兩個在家吵鬧不休的孩子，媽媽還真不知道該拿他們如何是好。

我自己也搞不清楚我的心

「我沒有煩惱，也不是什麼青春期！」

善雨今天依舊對媽媽很不耐煩。

「那為什麼成績老是下滑？你知道你最近經常對我發脾氣嗎？」

「那是因為你一直說一些莫名其妙的話啊！」

善雨其實早有察覺，自己最近經常對媽媽和家人說話尖酸刻薄，動不動就生氣。

「我哪有說什麼莫名其妙的話？是你簡直變了一個人，難道我要選擇置之不理？」

「你看吧！又來了，我到底哪裡變了？」

「兒子，你本來真的是一名可愛、乖巧又聰明的孩子。」媽媽用念故事書給孩子聽的口吻說。

「你是一個很愛媽媽、開朗又活潑的小朋友，就像童話故事裡的王子一樣，可是你現在去照鏡子，看看自己的臉，像不像一隻生氣的鬥牛犬？」

「你竟然說兒子像鬥牛犬？」

「是啊！好像只要我說錯話，就會被你咬。」

「媽！」

善雨憤而吼叫，但是媽媽說得好像也沒錯。最近，善雨自己也搞不清楚為什麼老是愛生氣，明明生活一如既往，和往常一樣認真補習數學、英語、論述*、程式語言、跆拳道，來回穿梭在五間補習班之間，上學從未遲到，補

＊論述：提供一段文字或資料，學生據此進行分析並陳述自己的觀點，與傳統命題作文不同。

習班作業當然也都會做完，學校作業更從未遺漏。雖然生活模式絲毫未變，成果卻截然不同。他和以往一樣勤奮過生活，成績卻不停下滑，讓他變得越來越討厭讀書。四年級以前，善雨一直是公認的好學生，成績名列前茅，學校老師和補習班老師都對他讚譽有加，媽媽也總是在鄰居阿姨面前毫不吝嗇的誇讚自家兒子。

「我們家善雨是完全不用人操心的孩子，說他是自己長大的也不為過，呵呵呵！」

阿姨們紛紛同意善雨媽媽說的這番話。

「沒錯，善雨這孩子真是無可挑剔，逢人都會主動問好，穩重又懂事，功課也很好，真羨慕善雨媽媽。」

「哎呀！雖然是我生的，但還真的是挺帥又挺聰明的。我們家善雨真是個好孩子，對吧？呵呵呵！」

每次只要一逮到機會，媽媽就頻頻誇獎自己的兒子。然而，最近卻抱怨兒子沒什麼值得炫耀。

「兒子，現在我只要見到鄰居阿姨，就會覺得臉上無光，你知道街坊鄰居的消息傳很快吧？每次和那些阿姨們碰面，她們就會問我，你是不是青春期。你看，我的肩膀都抬不起來了，是不是？」媽媽誇張的垮下肩膀。

「媽，我只是你的炫耀工具嗎？」

「哎呀！寶貝兒子，你真的對我誤會很深。媽不是這個意思，而是希望你可以好好告訴我究竟為什麼變這麼多，這樣我才能幫助你。」

「你無法幫助我。」

「為什麼？」媽媽睜大眼睛反問。

「因為我自己都不知道原因。」

「啊？」

「我也不清楚自己到底怎麼了，明明就和以前一樣，每天按時去學校上課、讀書、補習，但是成績卻一直下滑，變得好討厭讀書。我還是認真寫作業、也沒什麼玩樂，到底為什麼會這樣，就連我自己也搞不懂。」

善雨差點眼淚潰堤，好不容易才強忍住淚水，因為要是在媽媽面前哭，只會顯得更丟臉。媽媽什麼都不了解，對於善雨變成這樣，最焦急難過的人其實正是善雨自己。那個功課很好的模範生善雨，彬彬有禮、善解人意的善雨，對人和藹可親的可愛善雨，究竟跑去哪裡了？

比起家人，我更愛手機

「我看你乾脆整個人進到手機裡面算了，嘖嘖。」

燦敘坐在客廳沙發上全神貫注的玩手機遊戲，就讀高一的燦美站在他面前，一臉嫌棄。燦敘連正眼都不看姊姊一眼，只有手指不停來回快速移動，因為角色就快要升級了，他根本無暇理會其他人事物。

「現在是把姊姊說的話當耳邊風就對了。」

燦美是比燦敘大五歲的長女，可能是年紀差比較多，所以經常像媽媽一樣對弟弟叨念不休。燦敘在家中排行老么，他會對大兩歲的二姊燦里回嘴，也經常和她吵架，但是不敢這樣對待大姊燦美，因為燦美從小就代替雙薪父母照顧弟弟燦敘。燦美對燦敘總是疼愛有加，照顧得無微不至，不過自從燦敘上了五年級、燦美也成為高中生後，兩人的關係就不再像以往那般親密。

「我最近都只能看著你頭頂上的髮旋說話吔！」

「大姊，你等我一下，再一下下我就能升級了。」

「升你個頭啦！整天只知道玩手機，真不知道你在想什麼。」

燦敘才不管姊姊擔心與否，仍然雙眼緊盯著手機螢幕，聚精會神的打電動。燦敘最討厭的第二件事，就是在打電動時有人向他搭話，最討厭的第一件事則是不能用手機就得上床睡覺。

「你不如去找朋友一起玩，你真的玩手機玩太久了，根本成癮了！」

「才沒有成癮呢！」

燦敘語帶不耐的回應。由於對象是姊姊，他多少還會回個話，要是換成媽媽的話，他是絕對不可能回話的。

「我看你一天應該玩了八小時，這樣還不叫成癮？」

「吼唷！都是你和我搭話，害我死了！」

燦敘放下手機，噘起嘴巴，燦美坐到燦敘身旁詢問：「你都在用手機玩什麼？」

「打電動。」

「不打電動的時候又在做什麼？」

「看YouTube。」

「你在YouTube上都看什麼？」

「看綜藝節目、搞笑頻道、電玩直播。」

「來，你回答我，你比較喜歡手機還是喜歡我？」

面對大姊燦美的提問，燦敘皺起臉。

「什麼啦！好噁心。」

「我是認真的，快說你選誰。」

燦敘直接起身往自己的房間走去。

「大姊真奇怪。」

燦敘無法理解，為什麼大家只要一見到他，就會要他別再用手機，叨念個沒完，煩都煩死了，明明該做的事情自己也沒有少做。儘管成績下滑了，但他還是乖乖去上學、去補習班補習、認真寫作業，雖然偶爾有幾次作業沒寫，可是也不到誤入歧途的程度。用手機比較久又不是天塌下來的事情，家人卻老是對他說同樣的話。

「燦敘，別再看手機了！」

手機就是給人用來看的，實在不能理解為什麼大家老是叫他別再看了。

燦敘走回房間時又回頭偷看了姊姊一眼，姊姊正在對他搖頭。雖然沒有回答姊姊的提問，但是如果真的要燦敘二選一，他的答案自然是手機。

不管怎麼睡都還是好睏

有娜的綽號叫「眠主」，因為實在太愛睡覺，所以爸爸為她取了這個綽號，據說是「睡眠公主」的簡稱。

「哎唷！我們的眠主又睡了一覺啊？」

有娜邊伸懶腰邊走出房間，坐在餐椅上的爸爸見狀又想要鬧她了。爸爸的嘴角早已隱約露出調皮的微笑。

「我們有娜身上一定是帶著一塊睡瘤，有娜，你聽過《摘瘤爺爺》*的故

*《摘瘤爺爺》：從日本傳進韓國的民間傳說，述說有兩個臉上有瘤的老爺爺分別去參加鬼宴，好心爺爺因為跳舞跳得讓鬼開心，不僅被摘掉瘤還獲得禮物；壞心爺爺因為想要獲得好處，反而被黏上另一個瘤，暗喻羨慕別人不會獲得好報。

事吧？」

「沒聽過。」

有娜討厭爸爸每次一見到她就喜歡語帶調侃，乾脆中斷對話。

「難道睡太多記憶力也會變差？在你小時候，爸爸應該講過這個故事一千遍。」

有娜默不作答，大口喝著白開水。

「爺爺後頸上的瘤就是音樂瘤。」

「才不是，他是騙人家說那是音樂瘤。」有娜不假思索的糾正。

「啊哈哈！所以你還記得，看來我當初講那麼多遍沒有白講。」

愛睡覺的有娜一天可以睡十小時以上，神奇的是不管她怎麼睡都還是覺得睏。媽媽也很納悶，有娜小時候明明老是愛哭不愛睡，怎麼長大之後變得這麼愛睡覺，有娜自己也不清楚原因為何。每次只要坐到書桌前準備讀書，

就會被濃濃的睡意籠罩，在學校時也難以集中精神上課。小學二年級前都還正常，但自從有娜升上三年級以後，就突然變得越來越愛睡覺，導致學校課程聽不懂，也跟不上補習班安排的預習進度。有娜的功課一直不是很理想，而她的爸媽則將原因歸咎於睡太多。

「究竟有娜的睡瘤是遺傳誰呢？老婆，是不是你啊？」爸爸轉而問起正在洗碗的媽媽，依然嘻皮笑臉。

「老公，我以前可是每天都讀書到凌晨，為什麼要推給我？」

「那到底是遺傳到誰？也不是我吔！」

爸爸非常困惑的看著有娜。每次只要爸爸這樣取笑有娜，有娜就會覺得爸爸好討厭，卻又無從反駁，畢竟他說的都是事實。

「你會不會太事不關己？你知道有娜的成績下滑很多嗎？孩子的成績差不是應該罵一下嗎？整天只喜歡鬧她。」媽媽滿臉不悅的向爸爸抗議。

「沒關係啦！我的可愛眠主，不會讀書也沒關係，只要擅長自己喜歡的事情就好，對不對呀？」

面對笑呵呵的爸爸，有娜噘起嘴巴。爸爸真的有所不知，有娜最大的煩惱就是沒有喜歡或特別拿手的事情。然而，有娜並沒有對任何人傾訴過這些煩惱。至今為止，有娜從未有印象自己擅長什麼，所以只要出現有關讀書學習的話題，她就會閉口不語。她也很希望自己能少睡一點，眼皮卻老是自動下垂，儘管她嘗試過捏大腿讓自己保持清醒，也和媽媽一起去醫院做過相關檢查，最終仍找不出原因。

「難道真如爸爸所說，我的身上某處有長睡瘤嗎？」

有娜嘆氣，暗自想著要是有人能幫她摘掉那塊睡瘤該有多好，要是能把睡瘤黏到六個月大、整天緊跟在家人身後活蹦亂跳的小狗——餃子身上該有多好，這樣就不會因為睡太多而沒辦法學習了。

四名孩子出動啦！

善雨從一大早就滿肚子氣，即使坐上車也抱怨不休，嘴唇噘得老高。

「我不想去什麼鬼營隊啦！」

「噓！善雨，你說那麼大聲，這要是被人聽見還得了，我都說那不是普通的營隊了。」

昨晚的情境劇延續到了今天早上，媽媽用隱約能讓人聽見又聽不太清楚的音量叮嚀善雨，環顧四周後將裝滿善雨衣物、教科書、習題本的行李箱放進汽車後座，迅速坐上駕駛座。

「是因為暑假不想去度假，才叫我去參加營隊吧？」

「天啊！寶貝兒子，你又誤會我了喔！這真的不是誰都能參加的營隊，等你參加完之後一定會感謝我，所以不要再抱怨了。」

媽媽發動車子引擎，回頭望向善雨。

「準備好了吧？」

正當善雨唉聲連連之際，有娜則是坐在爸爸駕駛的汽車後座呼呼大睡。有娜每次只要一上車就會睡覺，不論是去參加營隊還是旅行，往往都難敵瞌睡蟲叨擾，昏昏欲睡。

「我們有娜又睡著了。」爸爸透過車內後照鏡看著睡到頭低低的有娜，笑呵呵的說。

「你怎麼每次只要看到有娜睡著就這麼開心？」坐在副駕駛座的媽媽語帶抱怨的問。

「看她可愛啊！」

「有什麼好可愛的？」

「睡覺的樣子很可愛，哈哈哈！」

媽媽實在難以理解這樣的爸爸，要是他嚴厲一點，有娜的態度說不定會有所改善，爸爸卻從未訓斥過有娜，對她無限寬容，有娜才會毫無想法，整天渾渾噩噩，這次的營隊正是媽媽想要幫有娜導正生活態度而做出的決定。

「就算是自己的女兒，該教訓的時候還是要教訓，你太寵她了。」

正當媽媽要對爸爸宣洩內心不滿時，坐在後座的有娜說起了夢話。

「不是，我……討厭，唔嗯……因為想睡……所以不想……」

爸爸默默聽著有娜說夢話，然後對媽媽露出燦爛笑容。

「你看她多可愛，哈哈哈！」

當有娜還在睡夢中說著自己討厭參加營隊、四處躲逃之際，素苡則是坐在汽車後座，聽著Bigstar的新歌〈Like, Love〉陶醉哼唱。

「喔喔喔——我like你，為了尋找你的愛而唱，喔喔喔——」

「別唱了，許素苡！」

儘管駕駛汽車的媽媽大聲喝斥，素苡也沒打算停止哼唱。

「喔喔喔——我love你，為了尋找你的心而唱，喔喔喔——」

任誰都阻止不了素苡用足以晃動車身的超大音量唱歌，媽媽乾脆閉上嘴巴。這次決定要報名營隊時，素苡大哭大鬧，堅決不肯參加，甚至將房門反鎖；然而，媽媽不打算退讓，都已經五年級了，要是再繼續放任下去，到了國中勢必會穩坐全班最後一名。

素苡自然也不是省油的燈，她到最後都還是固執己見，不願參加，媽媽只好和她協商——約定好只要這次去參加營隊，下個月就讓她去看Bigstar的演唱會。

當媽媽亮出最後一張底牌時，素苡毫不猶豫打開房門，開始打包行李。當然，包包裡全都是Bigstar的寫真小卡和印有歐爸帥氣臉蛋的枕頭和毛巾，但有什麼辦法？光是女兒願意去參加營隊，媽媽就已經謝天謝地。

這天，燦敘仍是一邊用手機看YouTube影片，一邊前往營隊集合地點，手機裡的遊戲解說員正在激動吶喊。

「哇！高麗菜選手實在太厲害！竟然在這種情況下還能帶領團隊獲勝，果然是了不起的選手！」

影片中正在轉播燦敘最喜歡的電競選手實況比賽，燦敘握緊拳頭，高聲歡呼。他也很想要成為帥氣的電競選手，但以自己目前的實力根本不可能，或許正因如此，他才會更著迷於電動遊戲也不一定。

燦敘只要有手機就萬事都行，所以當媽媽提議要他參加營隊時，他也沒有特別抗拒，想著只要身上帶著手機就好，對於營隊集合地點在哪裡、做什麼事情、為期多少天等……他都只是大略聽聽而已，更別說有哪些人參加這個營隊、其他參加者是怎樣的人，他也一無所知。

雖然連媽媽也不曉得這些細節，但燦敘根本不感興趣也不好奇，反而認為是個好機會，可以擺脫囉哩囉嗦的媽媽和姊姊，他開心得不得了。

要我們在這裡參加營隊？

善雨抵達的地方是連續繞完好幾條狹窄的石子路以後，位於山谷深處被樹林環繞的一間獨棟韓屋，雖然沿途也有看到幾間韓屋，但都相隔至少要走二十分鐘才會抵達的距離。一眼望去就是一間年歲已久的老舊韓屋，要先爬五、六個階梯才會看到瓦片大門，大門的正上方則掛有「山谷學堂」字樣的匾額。匾額雖然有明顯的歲月痕跡，看起來卻非常乾淨，感覺是有人定期維護管理。

「哇——好漂亮的地方，可以感受到古色古香的氣息，是不是啊？」

哪裡古色古香了，在善雨眼裡看來，韓屋就只是位於民俗村或韓屋村裡的老舊房屋，冬冷夏熱、看起來十分不便。

「要在這裡參加營隊？」

「在家以外的地方吃喝拉撒睡就是過夜營隊，這可比我想像中的好。」

「為什麼是在韓屋參加營隊？媽，你坦白說，這裡到底是什麼地方？」

媽媽連聽都不聽，迅速從駕駛座下車，走到後方打開善雨的後座車門，比出要他快點下車的手勢。善雨還未搞清楚狀況就被趕下車。媽媽吃力的將放在後座的行李箱拖下車，氣喘吁吁。

「進去看看不就知道是什麼地方了？」

媽媽把行李箱交給了善雨。

「媽，你不一起進去嗎？」

媽媽搖搖頭。「這裡是小朋友的專屬空間，家長不得進入，規則就是這樣定的。」

竟然是家長禁止進入的場所，善雨越聽越覺得不想去，但是現在反悔為

時已晚。媽媽拍拍善雨的肩膀說：「我相信我的兒子，十一天後見！」

「十個晚上？不是說三天兩夜嗎？」

善雨驚嚇過度，差點沒昏過去，原來從頭到尾都是一場騙局！媽媽連忙上車坐回駕駛座，生怕善雨會追回來似的，然後

搖下副駕駛座車窗，喊了一聲：「寶貝兒子，加油！」

媽媽開車揚長而去，揚起的一片塵土把善雨的臉搞得灰頭土臉，他連咳幾聲，看著媽媽在石子路上消失無蹤，嘆了一口氣，再仰頭看了一眼高掛在門口的匾額，只能拖著沉重的行李緩緩走上階梯，走進大門。

韓屋內部空間遼闊，迎面而來的是寬敞的大廳廊臺，右側有一間大大的房間，左側則有四間小房間緊密相連。善雨猶豫不決的走著，四處張望，發現裡面好像沒有人在。

「您好！有人在嗎？」

沒有回應。善雨不禁懷疑，這裡究竟是不是參加營隊的地點，會不會是媽媽犯糊塗沒搞清楚。善雨選擇倚坐在大廳廊臺的邊緣，雖然正值炎夏，韓屋內卻像開了冷氣般涼爽。

當善雨在休息納涼時，背著大背包的燦敘突然從大門走了進來。握著手機走進韓屋的燦敘，和剛才的善雨一樣到處張望，隨即發現善雨獨自尷尬的坐在大廳廊臺邊緣。

燦敘連忙大步跑向善雨。「你也是來參加營隊的嗎？」

善雨點點頭。

「那看來是這裡沒錯。」

燦敘卸下背包，隨意扔放在大廳廊臺上，和善雨保持一段距離而坐，然後將視線轉移到手機。在一片鴉雀無聲的院子裡，手機聲響顯得更加吵雜，善雨目不轉睛的盯著燦敘。

「什麼鬼，這小子難道是手機成癮兒童？」

正當善雨看著燦敘暗自心想時，大門處傳來動靜。善雨猜想，該不會是這間學堂的主人，於是迅速將視線轉往傳出聲響的方向，然而，這次出現的依舊不是大人，是有娜站在大門前，一臉睡眼惺忪的樣子。她拖著一只粉色小行李箱，一副尚未睡醒的樣子，邊揉眼睛邊打著大大的哈欠。她發現坐在大廳廊臺的兩名男孩，便拖著慵懶的步伐緩緩走到善雨面前。

「你們都是來參加營隊的嗎？」

善雨這次也只是點頭，燦敘則是全神貫注的低頭看手機，連看都沒看有娜一眼。

「哈唔——好睏，到底是什麼營隊，竟然辦在這種地方？」

有娜像在自言自語，話才剛說完，素苡就背著大背包、拖著一只行李箱走了進來。素苡看到先抵達的三人，毫不猶豫的走上前，將包包放在大廳廊臺上，再一屁股坐了下來。

「太熱了，竟然是在這種地方參加營隊，好奇怪喔！你們知道現在是什麼情況嗎？」

面對素苡如此直率的提問，善雨和有娜搖了搖頭表示不清楚，燦敘則是依舊自顧自的低頭看影片。

「所以沒人知道？大家都不曉得現在是什麼情形？」

素苡不可置信的看了所有人一輪，長嘆一口氣之後，她突然站起身，開始到處走動查看。

「辦營隊的地方怎麼這麼安靜？不覺得很奇怪嗎？」

素苡輪流盯著大家問，但沒有任何人回答。素苡雙臂抱胸，神色略顯凝重。她立刻脫掉鞋子，走上大廳廊臺，再走到大房間。其他人當場愣住，竟敢擅闖別人的屋內，未免也太大膽，大家都看得目瞪口呆，不過素苡依然我行我素，當自家一樣穿梭自如。

「喂！你在做什麼？為什麼隨便進去別人的屋內？」

善雨雖然壓低音量嘗試喝止，素苡卻把他當耳邊風，將耳朵緊貼在大房間的門上。燦敘也終於放下手機，緊張的吞口水。韓屋內部一片寂靜，甚至連孩子們的呼吸聲都聽不見。

素苡仔細聆聽，納悶的歪著頭說：「我什麼聲音都沒聽見。」

「快下來啦！」

善雨再次壓低音量催促，素苡卻不為所動，一副要拉開房門的樣子。正當她下定決心要行動時，那扇門突然被人猛力拉開，一名人高馬大、肚子凸得像南山*一樣高的男子出現在她面前。雖然男子身穿韓國傳統長袍，但因為臉部被太陽晒得黝黑，配上那身斯文的長袍反倒顯得有些違和。

素苡嚇了一大跳，差點沒跌坐在地，孩子們也因為突然冒出的巨人嚇得驚聲尖叫。男子雙手背在身後，仔細端詳著每位小朋友，不帶一絲笑容的臉看上去還挺可怕的。男子和孩子們一個個四目相交之後，突然翻找口袋，掏出了某樣東西。飽受驚嚇的孩子們紛紛向後退，心想一旦事態不妙，就要隨時朝大門外拔腿狂奔；然而，男子從口袋裡掏出的東西只是地瓜而已。孩子們仔細觀察男子手中的東西，究竟真的是地瓜，還是一把形似地瓜的槍，最後確認是地瓜沒有錯。

男子的手非常大，他手握地瓜，咧嘴露齒，豪邁的張口啃食。孩子們只聽得見男子咀嚼地瓜的聲響，外頭還啾啾叫個不停的鳥兒似乎也被男子的氣勢震懾，不再啼鳴。

男子又咬下一大口地瓜，像土匪一樣豪邁的嚼著，與此同時，視線也一直輪流緊盯每個孩子。孩子們緊張的嚥了一口唾液，吃完地瓜的男子又突然張口大笑，連喉結都清晰可見。他的笑聲震耳欲聾，感覺韓屋後方像屏風一樣環繞的群山都在震盪。

「歡迎來到山谷學堂！」

男子用渾厚宏亮的嗓音歡迎孩子們蒞臨，而這次聲音同樣大到感覺地板都在搖晃。孩子們驚魂未定，每個人都十分好奇眼前這名男子到底是誰？

＊南山：韓國首爾著名的旅遊景點。

02 每個人都有適合自己的學習方法嗎？

揭開恩恭老師的真實身分

「你、你是誰？」素苡仰望巨人，顫抖的問。她被突然出現在眼前、大口啃咬地瓜的巨人嚇得心臟撲通撲通狂跳。

「我是這間學堂的堂主，徐恩恭老師。」

「什麼？老、老師？」

也許是太訝異，就連手機不離手的燦敘都放下手機，反問男子：「哪有這樣的老師？」

燦敘無意間說出了心底話，因為至今為止，在學校、補習班看到的每一位老師，都和眼前這名男子有著天壤之別。與其說這名男子是老師，反而更像是厲害的農夫或童話裡才會出現的樵夫，也像能夠徒手獵捕老虎的天下壯

士*。面對燦敘的質疑，巨人笑了。

「有點奇怪，對吧？看來要把這身衣服脫掉才行。」

男子話一說完，便像等待已久似的直接將袍子脫去，一把扔到了地上，這下才顯露出比較適合他的生活韓服*裝扮。雖然是生活韓服，但看上去不是很乾淨，整件幾乎被汗水浸淫，到處沾染著泥土。男子低頭看了看身上的衣服，有些尷尬的乾咳了幾聲，用手拍了拍衣服。

「這件又好像有點太溼了，對吧？老師因為務農，不得已只好以這身裝扮和你們相見。儘管如此，從今天起我就是你們的老師了。我曾經在大學教書，現在則是回到故鄉，過著農夫的生活。」

男子話一說完，便將手裡的地瓜塞進口袋，走向孩子們，伸出他那大大的手掌。孩子們在驚魂未定的狀況下糊里糊塗握住男子厚實又粗糙的手，男子逐一上下大力搖晃握手後說：「來，你們有沒有看到右邊的房間？每間房門口都寫有你們的名字，現在就進去各自的房間等待，等一下便會有事情要發生了。」

「會發生什麼事？」

＊天下壯士：韓國地區摔角競賽重量級的冠軍稱號。

＊生活韓服：近年流行將韓國傳統服裝改良成現代日常衣著，呈現出新舊交融的新樣貌。

「什麼事情？」

孩子們異口同聲的接連詢問。

「為什麼要說得這麼可怕？」善雨帶著畏懼的眼神一步步向後退。

「啊哈哈！沒什麼好害怕的啦！不會發生可怕的事情，只是對某些人來說也許很恐怖。來，那就各自先回房間嘍！」

恩恭老師用整個學堂都能聽見的宏亮嗓音喊道，隨即走下大廳廊臺，往大門外的方向消失不見。孩子們呆望著恩恭老師身形如山的背影，滿臉困惑的彼此對望。

「不覺得有點奇怪嗎？」燦敘滿心擔憂的詢問大家。

「真的滿奇怪，什麼鬼鬼祟祟嘛？」善雨也皺起眉頭質疑。

「我們該不會是被綁架了吧？」有娜一副快要哭出來的樣子。

「你覺得有可能嗎？媽媽會親手把孩子交給綁架犯？」善雨似乎認為有

娜問的問題有些愚蠢。

「說不定媽媽也都被蒙在鼓裡，那個老師騙了她們也不一定。」

聽聞素苡這麼一說，有娜也立刻附和：「真的有可能吔！」

孩子們開始議論紛紛，各說各話，因而聽不清楚彼此究竟說了什麼。

「等等！我們不如來上網搜尋看看。」燦敘提議，所有人頓時安靜。

「搜尋？這是個好主意！」素苡拍手叫好。

「不過我們要先躲起來才行，老師可能又會突然闖進來。」

燦敘走到四個小房間前的長長廊臺，觀察周遭，接著朝站在大廳廊臺上緊盯著他看的同學們招手，示意他們趕快過來。的確如恩恭老師所言，四個小房間上分別寫有大家的名字，依序為張善雨、許素苡、金燦敘、朴有娜。

燦敘走進最前方善雨的房間，孩子們也緊跟在後一起進房，那是一個人住大小適當、乾淨整潔的房間。

「那裡有筆記型電腦吧！」

一臺筆記型電腦放在小矮桌上，孩子們不分你我，團團圍坐在旁。燦敘動作熟稔的將電腦開機。

「老師剛才說他叫什麼名字？」

孩子們你一言我一語，告訴燦敘男子的姓名，燦敘在搜尋欄位輸入「徐恩恭」，結果出現一長串相關新聞。孩子們湊近電腦螢幕，仔細閱讀標題。

「○○大學徐恩恭教授消聲匿跡」

「○○大學知名教授——徐恩恭宣布放下一切」

「從小就以神童聞名的○○大學徐恩恭教授，突然消失的理由」

「徐恩恭教授為何拋棄名利」

諸如此類的新聞接連出現好幾則，孩子們滿臉錯愕的面面相覷。

「什麼？看起來是非常有名的人吔！」

「還以為他是騙我們的，原來真的是大學教授。」

「但他似乎發生過什麼事情？」

「快點開新聞。」

孩子們你一言我一語，房間內頓時變得場面混亂。燦敘連忙揮手制止。

「你們幾個安靜一點，外面都要聽見了。我們點開這篇好了。」

燦敘深吸一口氣，點開那篇標題為「從小就以神童聞名的○○大學徐恩恭教授，突然消失的理由」的新聞。孩子們都屏住呼吸，坐得離筆電更近一些。燦敘開始念起報導內容。

「以人氣獎聲名遠播的○○大學徐恩恭教授，據傳在上週突然向校方請辭。舉辦過無數場感動人心的講座、傳遞人生價值與意義、備受景仰與讚頌

的知識人——徐恩恭教授，既是暢銷書作家，亦是明星王牌教授，開設的課程往往一位難求。」

燦敘讀到這裡，孩子們不禁驚呼。

「什麼嘛！原來是非常厲害的人呢！」

「可是為什麼要跑來鄉下隱居在這種地方？既然這麼有名，不是可以賺大錢嗎？」

「該不會是犯了什麼大錯吧？」

「沒錯，有可能就是犯了大錯，為了避風頭而隱居在這裡。」

「你們先別著急，讓我看看。不過這篇新聞報導是兩年前的。」

聽聞燦敘這麼一說，孩子們又再度露出驚訝表情。

「什麼？」

「快點，你繼續念念看。」大家紛紛催促。

「面對徐恩恭教授突如其來的離職決定，學校師生皆感到錯愕，校方則表示關於徐教授的決定事先毫不知情。」

就在燦敘讀完報導內容時，房門突然被打開，恩恭老師就站在門口。

「你們這群孩子，在這裡做什麼？」恩恭老師用如雷貫耳的嗓音喊道。

孩子們飽受驚嚇，統統向後跌倒，尖叫聲此起彼落。

「啊！」

孩子們和恩恭老師四目相交，他大步走進房間，孩子們則紛紛向後退。恩恭老師一把拿起筆記型電腦，查看螢幕畫面，大嘆一口氣。孩子們睜大眼睛，全身發抖。現在到底是什麼情形？接下來又會發生什麼事情？他們嚇得只想落荒而逃。

恩恭老師的告白

孩子們移動至大房間，和恩恭老師面對而坐，十分擔心會不會被老師訓斥一頓。恩恭老師進到房間內已經過了十分鐘，仍不發一語，就只是盯著空氣，不停咀嚼著手裡的地瓜。大家雖然很疑惑老師為什麼要隨身帶生地瓜來啃，卻沒有人敢開口詢問，因為房間裡的氣氛好沉重，只聽得見恩恭老師咀嚼地瓜的聲響。

「老師，您現在可以公開真實身分了。」

燦敘鼓起勇氣，像警方盤查一樣嚴肅的對恩恭老師說。其餘三人對燦敘突如其來的發言感到震驚，同時也很好奇恩恭老師究竟會如何回答，睜大了眼睛盯著他。

「嗯……一定要我公開真實身分嗎？」

恩恭老師深吸一口氣，將手裡的地瓜重新塞回口袋。他嚥下口中的地瓜後，終於開口：「你們看到的新聞都是事實，我在兩年前辭掉了任職六年的大學教授職位。」

「為什麼呢？」素苡立刻追問。

「嗯……因為想要過自己真正想要的生活吧！」

孩子們聽聞恩恭老師做出這番出乎意料的回答，頓時語塞，這位老師究竟在說什麼呢？

「我就來說說關於自己的故事吧！雖然聽起來像是在炫耀。我小時候是非常聰穎的孩子，頭腦很好，成績也總是名列前茅。」

恩恭老師注視著每一位小朋友的眼睛說話，用著彷彿在演舞臺劇、有些尷尬的獨白口吻述說。孩子們短暫懷疑了一下究竟該不該相信老師說的話，然而剛才在新聞報導中，媒體的確是以「神童」來稱呼恩恭老師，讓人不得不信。感覺恩恭老師具有某種能力，可以將事實說得有如謊言。

「我順利上了大學、出國留學，最後也當上了大學教授。」

「哇！真的是超級天才吔！」燦敘語帶羨慕，忍不住讚嘆。

「是啊！每個人都羨慕我，不過某天我仔細思考，發現原來這一切都不是出於我的選擇或意志。」

大家感到十分納悶。有娜難以理解的詢問：「那是誰強迫您讀書的呢？是媽媽嗎？」

「這倒沒有，書是我自己想讀的。從小我就被定義為『聰明的小孩』，除了讀書以外，我無事可做，也從來沒有機會想過要做點別的，就只是單純認為自己是應該要讀書的人。」

「就好比我們是要上學的學生，因此認為本來就該去學校嗎？」

燦敘追問。

「沒錯，類似這樣。我毫無想法的按照會讀書的人所走的路，成為了教授。直到某個瞬間，我發現那樣的人生一點也不有趣。」

「哇！好誇張，都當到教授了還不覺得有趣？教授不是薪水很高嗎？我以為只要賺很多錢，凡事都會變得很有趣吔！」素苡

不可置信的說。

「但還真是不怎麼有趣。」孩子們紛紛搖頭表示不可思議。

「於是，我開始思考自己到底要做什麼才會感到開心。」

「您發現是務農嗎？」善雨詢問。

「不，是當歌手！」

「什麼？」孩子們個個面露驚訝，眼睛都瞪大了。

「這像話嗎？」燦敘不小心說出了心底話。

「的確不太像話。後來我去練唱教室上了六個月的課，了解到自己多麼不會唱歌，得出了唱歌只能當興趣不能當職業的結論。」

「呼——幸好。」素苡這麼一說，每個人都笑了出來。

「我開始重新思考到底想做什麼，才發現自己其實滿想當農夫，從小每逢學校寒暑假，我就會回到這間韓屋，和爺爺奶奶一起務農，我們一起種辣椒、大白菜，也會在前面那片果園摘蘋果和水梨。從那時起，我便對於只要時間一到就會結出果實，並將果實讓給人類，再重新奮力結出果實的大自然深感敬佩，也很喜歡。」

孩子們都安安靜靜的專心聽恩恭老師講述自己的故事。

「我決定成為農夫，每天都過得很快樂，有時還會心想怎麼沒有早點選擇走這條路。這樣的生活過了兩年左右，我產生了一個念頭：不該只有自己這麼幸福，我想要用自身能力讓別人也可以幸福。我思考著，做什麼事情才能幫助別人？結果得出的結論依舊是讀書，因為我從小到大都只會讀書。」

「所以您才會開設這間學堂嗎？」有娜問。

「是啊！我想要幫助和你們一樣為學習所苦的學生，希望你們從一開始就能找到自己真正想做的事情，而不是像我一樣走許多冤枉路。」

孩子們紛紛點頭。

「各位，讀書絕對不是只有認真努力就好，每個人都有各自適合的學習方式，若要找到屬於自己的方法，就要先找到讀書的理由是什麼，不能像我一樣為讀而讀，否則就會毫無想法的跟著大家一起上學、補習，人生也會漫無目的過一輩子。每個人都有權利過幸福的生活，不是嗎？這方面我自認可以幫助各位。」

「每個人都有各自適合的學習方法嗎？」有娜豎起耳朵問。

「當然！每個人的學習方法都不同。你看光是你們四個，性格、長相、想法統統不一樣，自然是有適合自己的學習方法。」

「可是老師，您要如何幫我們尋找呢？您今天才第一次看到我們。」善雨納悶的問。

恩恭老師拿起了放在桌上的小遙控器，晃了晃。

「答案全都在這裡面嘍！」

孩子們紛紛將視線移至恩恭老師手裡的遙控器。那臺遙控器看上去平凡無奇，究竟是什麼讓老師如此洋洋得意？此時，房間的照明燈喀啦一聲瞬間熄滅。

我們的二十四小時，天差地別

「啊！」

房間內頓時一片漆黑，正當孩子們備受驚嚇之時，背後突然傳來吱吱聲響。孩子們往傳出聲音的方向回頭看，發現房門上方有一片投影布幕正緩緩垂降下來，他們驚訝不已，萬萬沒想到如此老舊的韓屋內，竟然具有如此先進的設備。

「來，現在我們要看四部十分鐘長度的微電影，導演是各位的媽媽，主演是張善雨、朴有娜、許素苡、金燦敘，剪輯則是徐恩恭。看來這將會是你們的首部電影出道作品，哈哈哈！」

電影？主演？導演？正當孩子們交頭接耳，心想老師說的話是什麼意思時，投影布幕上出現了善雨的身影。

「欸！是你吔！」

燦敘看著善雨興奮的大喊。出現在布幕上的人很好認，是善雨坐在書桌前的背影。

「你在讀什麼呀？」

畫面中，善雨的媽媽放下水果盤，詢問善雨。從攝影機跟著媽媽的視線移動來看，拍攝這支影片的人想必就是她。

「數學。」善雨連看都沒看媽媽一眼，心不在焉的回答。

「補習班作業？」

善雨不耐煩的點頭。

「好吧！那你加油。」

善雨媽媽說完便向後退，然後影片開始快轉，畫面下方還有秒數在快速

跳動著。

「你們看這不輸專業電影導演的剪片技術，是不是很厲害啊？」恩恭老師獨自陶醉在影片的特效中，布幕上繼續出現善雨的身影。坐在書桌前的他，一下伸懶腰，一下身體向前傾，一下又挖耳朵，還不停抖腳，但他始終沒有離開那張椅子，坐在書桌前好長一段時間。不久後，他歪著身體躺在客廳沙發上玩手機遊戲玩了兩小時，接著和媽媽一起吃飯，又重回書桌前讀書。

「兒子，讀書都還順利嗎？」

當媽媽向善雨搭話時，他又再次語帶不耐的回答：「媽，你這樣會一直妨礙我讀書啦！拜託你出去。」

善雨看著畫面中對媽媽發脾氣的自己，不禁羞愧臉紅。

「哇！你好沒禮貌，怎麼對媽媽態度那麼差？」

燦敘又忍不住說出了心底話，正當善雨想要生氣反駁時，恩恭老師立刻制止兩人。

「知道了，知道了，出去就出去，哼！」

善雨的媽媽嘟囔著走出房間，這時，善雨猛然回頭朝媽媽大喊：「媽！你一直拿手機拍什麼？記得進出都要幫我關門！」

善雨氣呼呼的站起身，用力砰一聲關上房門。善雨的媽媽將手機鏡頭轉向，對著自己的臉，聳肩說：「結束！」

孩子們看見善雨媽媽的表情，瞬間放聲大笑，因為那是充滿荒謬、無奈又失望的複雜表情，隨即畫面中又出現「善雨繼續複習了四小時功課」的字幕。孩子們看著字幕忍不住發出「哇——」的讚嘆。

「你怎麼複習那麼多功課？看來你的功課非常好喔？」素苡問善雨。

善雨沒有回答。看完影片的善雨這下終於知道，媽媽那幾天為什麼老是拿著手機不停跟拍他，原來是為了拍這支影片給恩恭老師。

「竟然都沒跟我說就擅自拍這種影片！」

善雨氣得火冒三丈，可是媽媽平時就很喜歡用手機拍照、拍影片，加上善雨當下也知道媽媽在拍他，又是以教育為目的傳給恩恭老師的，簡直無從抗議，只能強忍怒火，用鼻孔噴氣。

等善雨好不容易平復心情之後，換素苡在投影布幕上登場了。

「啊！」

素苡緊閉雙眼放聲尖叫，因為畫面裡她正緊緊摟住印有Bigstar成員照片的枕頭，一邊跟著音樂忘情哼唱，其他孩子一看到就拍手大笑。

「你是會讓我作夢的天使，我們終將找到幸福，baby——」

孩子們看著陶醉歌唱的素苡忍不住捧腹大笑。素苡用雙手遮臉，不停踢腳，但她還是從指縫間繼續觀看自己在影片裡的模樣。

「你是會讓我自由的天使，我們終將找到和平，baby——」孩子們紛紛跟著哼唱，就連恩恭老師也一起合唱。

「老師！您也是Bigstar歐爸的粉絲嗎？」素苡驚喜的問。恩恭老師則是一邊用肩膀跳著舞，一邊回答：「我都說我本來的夢想是歌手了。」

「竟然不是演歌歌手，而是偶像歌手？」

孩子們哈哈大笑，恩恭老師闔起眼睛，陶醉在音樂當中繼續高歌，房間內頓時成了演唱會現場。影片裡的素苡整天都在唱Bigstar的歌曲、手拿偶像的周邊商品，點開YouTube也都是在看Bigstar的影片，還會看影片看到邊拍地板邊哈哈大笑，寫作業時也要播放Bigstar的歌曲，哼著歌寫作業。媽媽看著那樣的素苡，忍不住朝她的背部用力拍打。

「許素苡，拜託你停止，這些臭小子會養你嗎？會送你上大學嗎？真是夠了！」

「啊！媽，很痛啦！你不要瞎操心，我的事情會自己看著辦。」素苡尖叫吶喊。

「話都你在說，超會講，你自己看著辦的結果是那種成績！」

大家看著影片中母女倆小打小鬧的畫面笑得合不攏嘴，後來素苡把臉湊近手機鏡頭，再比出愛心手勢，隨即出現「已沉迷Bigstar六小時」的字幕，孩子們驚呼連連，素苡也害羞的聳了聳肩，露出尷尬笑容。

下一支影片的主角是燦敘，燦敘坐在客廳沙發上，目不轉睛的盯著手機螢幕，不論喊他多少次「吃飯嘍！」、「寫作業啦！」都無動於衷。

「到底是誰對長輩沒禮貌啊？」

善雨對著燦敘哼笑一聲。燦敘不想聽善雨的嘲諷，用手摀住了耳朵。影片中的燦敘幾乎手機不離手，媽媽訓斥著叫他趕快把手機交出來，燦敘則是大聲喊著自己絕對不會交出去，兩人之間的對話全都圍繞在手機上。

「金燦敘！你再繼續整天盯著手機試試看，我一定會沒收你的手機！」

「媽，哪有給了人家又收回去的？太沒風度了，好小氣。」

不論媽媽多生氣，燦敘都毫不畏懼。其實媽媽也沒有很凶，由於燦敘在家中排行老么，在媽媽眼裡還是可愛的寶貝，並沒有嚴加苛責，燦敘也十分清楚媽媽是如何看待他的。在快轉影片中，燦敘一整天都在用手機玩遊戲、看YouTube、和朋友們聊天，扣掉心不甘情不願去寫作業的時間，其他時候幾乎和手機形影不離。影片最後出現「和手機共度了八小時時光」的字幕。

「哇！你好誇張，怎麼能一天看八小時手機？我看你是瘋了吧？」

善雨像逮到機會可以對燦敘報仇似的，立刻嘲諷他，燦敘雖然生氣，卻無從反駁，畢竟事實就是如此，而且透過影片看自己，的確有點誇張。

下一支影片是從關閉的房門開始，有娜看見自己的影片即將播出，差點沒哭出來，她完全可以預料影片中的自己會是什麼模樣。房門被緩緩推開，從遠處可見有娜在熟睡的樣子，於是房門被關上又開啟，有娜依舊在睡覺，然後房門再一次被關上。影片中的有娜整日昏睡，就連坐在書桌前也不停打瞌睡，行走時毫無活力，看起來像個殭屍一樣。有娜看著影片裡的自己不禁羞愧的紅了臉，除了睡覺以外，她幾乎沒做其他事情，就算有做，看起來也一點都不快樂。

「我的眠主出來了！」

影片中，爸爸對著剛睡完午覺走到客廳的有娜開玩笑，燦敘看到這裡問有娜：「眠主是什麼？」

有娜沒有回應，連看都沒看燦敘一眼，她一心只想鑽進地洞裡躲起來。畫面隨即轉到呆坐在餐桌前的有娜臉龐，出現「已經午睡五小時」的字幕，緊接著傳出片尾音樂，影片就此結束。

孩子們接連嘆氣，透過影片重新看自己，發現問題的確有點嚴重，心情也有些奇妙，原來我都是這樣子在虛度光陰？雖然平時多少心裡有數，知道自己沒有把時間運用得非常充實，不過直到像這樣從影片中回頭檢視自己，才發現實在很丟臉。

「我會拜託各位的媽媽錄這些影片，並不是為了讓你們羞愧或難堪。」恩恭老師一開口，孩子們便紛紛轉向老師，目光聚焦到他身上。

「是為了讓你們從客觀的角度去看自己平日的生活樣貌。」

孩子們不發一語。

「要正確看自己是一件非常困難的事情，所以一定要先知道自己最真實的樣子，才會了解自己，進而設定適合自己的計畫。」

「老師！可是無論如何也不能未經我們的同意就公開各自的隱私啊！這樣滿令人不舒服的。」燦敘表達內心不滿。

「針對這點，老師對你們深感抱歉，由於老師必須先了解你們平時的學習習慣，才能提供合適的學習建議，只好拜託各位的家長錄一段影片給我，希望你們可以體諒。再說，自己也要能夠澈底接納這些羞於見人的一面，才知道怎麼調整修改。」

燦敘無從反駁，只好沉默不語。

恩恭老師接著說：「自尊心？丟臉？這些就扔給我家的小黃狗吧！」

孩子們再度嘆氣，心情既微妙又複雜，感到丟臉又害羞，想要改正也想逃離此地。

「來吧！從現在起，我們就是同一組了，自主學習小組！」

「自主學習小組？」善雨訝異的問。

「沒錯，這就是你們來山谷學堂要達成的目標！」

自主學習？孩子們陷入沉思，要我們自主學習？全世界最聰明絕頂的博士不是應該要緊跟在我們身邊，親自指導如何學習嗎？孩子們個個露出不敢置信的表情，究竟恩恭老師葫蘆裡賣什麼藥？著實令人百思不得其解，不，應該說是根本不可能實現的事情。

先了解你自己

「開始制定自主學習計畫前，我們先讓每個人說一說，看完自己的影片後有什麼感想好了。」

聽恩恭老師這麼說，孩子們噓聲四起。恩恭老師舉起手，試圖安撫孩子們的情緒。

「好，讓我看看——」

恩恭老師來回掃視，孩子們為了避免和老師四目相交，刻意低下頭來。房間內安靜到只聽得見想要眼神交會的恩恭老師，以及迴避視線的孩子們的呼吸聲。

「那就先從……善雨開始！」

面對恩恭老師的點名，善雨一臉完蛋的表情，老師眼睛眨都不眨的直盯著善雨，害他連逃跑的機會都沒有。善雨只好認命，開始說出自己的想法。

「我覺得自己對媽媽說話太沒大沒小。」

「我不是都說了嘛！你真的對大人很沒禮貌。」燦敘突然插話。

「喂！」善雨忍不住生氣咆哮，燦敘嚇了一跳，縮起肩膀。

「燦敘需要管住自己的嘴巴喔！扣一分！」

「啊？扣一分會有什麼懲罰嗎？」

「禁止使用手機一小時！」

這對燦敘來說，簡直是有如天塌下來般的懲罰。燦敘把嘴嘛得恨天高，緊閉雙唇。

「還有呢？」

恩恭老師回頭望向善雨繼續追問。

「還有……覺得讀書讀太久了，讀書期間我也分心做其他事。」
「既然你都讀書讀那麼長時間，應該功課很好才對吧？」
素苡突然詢問善雨。善雨無奈的搖搖頭。
「真的假的？你花那麼長時間讀書結果功課不好？那不就是笨蛋嗎？」
素苡一臉不可置信的反問，也讓善雨頓時漲紅臉。
「素苡也扣一分！」
「啊？那我會受到什麼懲罰？」
「禁止聽Bigstar歌曲一小時！」
素苡露出了實在覺得荒謬的表情，但是她擔心又會再被懲罰，只好乖乖閉上嘴巴。
「現在就換老師來發表一下看完善雨的影片後有什麼感想喔！」
恩恭老師看向善雨，一臉嚴肅的說：「善雨，你一股腦的投入很長時間來學習，其實讀書絕對不是讀得多又久就一定好，重要的是用什麼方法。你坐在書桌前很久，真正專注的時間卻不長，就像你說的，老是會分心做其他事情。所以要記住一點，即使溫習功課的時間短暫也要全神貫注，這樣才有辦法提升學習效能。」

善雨點點頭。

「在老師看來，你現在是處於對學習無力的狀態。」

「對學習無力？」善雨反問。

「簡單來說就是對自己失去自信，對學習感到有壓力。可以說說看為什麼會變成這樣嗎？」

敵不過恩恭老師的溫情攻勢，善雨說出了心底話。

「我搞砸了兩次補習班考試……我一直無法忘記補習班老師和媽媽失望的表情，我也對自己很失望，後來只要一看到考卷，腦海就會一片空白，什麼都想不起來。感覺大家都盯著我看，從此我就突然變得害怕學習了。」

「善雨，你一定要擺脫那樣的壓力和恐懼才行，我們自主學習小組一起學習，試著慢慢克服吧！」

「什麼？要和他們一起？」

善雨用「這是在跟我開玩笑嗎？」的表情環視其他人。

「哼！你現在是看不起我們嗎？」燦敘一臉不悅的質問善雨。

「我是要怎樣看得起你們？你們一副就是連『學習』的『學』都不知道怎麼寫的樣子……」

「喂！」燦敘、素苡、有娜同時朝善雨大喊，善雨連忙用手摀住耳朵。

「不要瞧不起我們喔！我們只要下定決心，就一定會做好！」燦敘看著善雨，一臉驕傲的說。

「你又知道？你們認識多久，這麼快就變成我們？」

善雨忍不住嘲笑，恩恭老師再度介入談話。

「看來是還有人想被我扣分喔？」

孩子們頓時安靜。

「善雨首先要找到讀書學習的理由才行。突然對學習感到有壓力、變得討厭學習，往往是因為缺乏學習目標，也就是大人要我讀而不得不讀。」

「讀書學習的理由？」

「對，這對你來說是非常重要的問題，仔細想想，明天再告訴我吧！」

「好。」善雨用陷入沉思的表情回答。

「接下來換……有娜？」

恩恭老師看向有娜。有娜什麼話也說不出口。

燦敘見狀馬上舉手。「朴有娜睡覺睡太——久了！」

孩子們紛紛竊笑。有娜噘起嘴。

「燦敘再扣一分，今天禁止使用手機兩小時！」

善雨望向燦敘，露出一臉「活該」的表情。燦敘難掩失落的垂下肩膀。

「有娜，自己說說看吧！」

「嗯……其實金燦敘說得沒錯，在看這支影片之前，我只知道自己很愛睡覺，看到影片才發現，自己好像真的睡太多了。」

「那為什麼有娜會用這麼多時間來睡覺呢？」恩恭老師柔聲詢問。

「不曉得，每次只要一看到書就會打瞌睡，準備開始複習功課就會想睡覺，我還為此去了醫院做檢查，醫生都說沒有問題，我也很納悶究竟為什麼會這麼愛睡覺。」

「在老師看來，有娜你現在有點像是靠睡眠來逃避現實的感覺。」

有娜不明白老師的意思，她睜大眼睛。

「你認為自己功課不好，乾脆放棄學習，因為只要睡著

就不用去思考任何事了。」

有娜開始眼眶泛淚。

「我們每個人都有一技之長，只要找出專長、重拾自信，重新打好基礎就好，不會有問題的。」

有娜淚眼婆娑，她很感謝恩恭老師精準點出她的真實心聲並給予安慰，所以忍不住流下眼淚。至今為止，沒有人如此了解有娜的心。

「哎唷！停，不哭了。是誰把我們有娜惹哭了！」

「是老師啊！就是老師！」孩子們一起指向恩恭老師。

「抱歉把你惹哭了。不過，你知道這是老師給你的愛的建議吧？」

有娜一邊擦拭眼淚，一邊點頭。

「很好，謝謝你理解。來，下一個換燦敘？」

除了燦敘以外，其他孩子都爭先恐後的舉手喊著「我！我知道！」因為那些被燦敘嘲笑過的孩子都在等待機會報仇。

「燦敘應該是世上使用手機時間最長的十二歲小孩。」素苡大聲搶答。

「不管媽媽問他什麼都不回答，超級沒大沒小。」這次輪到善雨展開攻擊。燦敘正在努力按捺住內心燃燒的熊熊怒火。

「燦敘，這就叫種什麼因得什麼果，哈哈哈！」現在就連恩恭老師也加入戰局，向燦敘開玩笑，惹得他滿臉不悅的噘起了嘴。

「那就由燦敘你自己說說觀賞影片後的心得吧？」

「大家說的都沒錯，的確如我媽所言，我真的超級無敵不聽話，整天只知道盯著手機看，什麼事也不做。」

「從客觀的角度看自己是不是一目了然？馬上就能看到需要改進之處。燦敘在山谷學堂時會慢慢減少使用手機，可能要想一想，原本用來玩手機的時間要拿來做哪些事情喔！」

燦敘一臉哀怨，但他心知肚明，自己的生活習慣的確需要改變，因為看到影片中的自己，內心確實受到不少衝擊。

「現在只剩下……素苡？」

男孩們搶著舉手，不停大喊：「我！我！我知道！」

「好了，夠了！我自己也知道啦！」

素苡直接將男孩們的手用力按下，主動說出自己的問題點。

「問題就在於我太熱衷於Bigstar歐爸們，都沒在做學生該做的事情。」

「素苡，這倒不是問題。」

素苡對於老師說的感到意外，她驚訝的看向老師，甚至期待老師會對她說：「繼續和現在一樣也沒關係。」

「喜歡Bigstar是沒問題的，老師也很喜歡他們。」

「太棒了！」素苡高舉拳頭，開心不已。

「但是太過度就成問題了，對吧？這點你自己應該也心知肚明。你會這麼執著於某個對象而非自己，是因為壓力過大的關係。」

「老師，哪有可能啊！影片中的她整天瘋瘋癲癲的，都在唱歌尖叫，一點也不像是壓力過大的人。」

燦敘又沒管好自己的嘴巴，忍不住脫口而出這番話，說完才驚覺自己又多嘴了，嚇得他連忙用手摀住嘴巴。

「啊……抱歉。」

恩恭老師向燦敘投以嚴厲的眼神警告，重新看向素苡說：「你之所以會過度沉迷於偶像明星，其實是透過欣賞他們來緩解自己不知不覺間積累的壓力。那麼，究竟為何會累積壓力呢？」

「當然是因為功課。」素苡垂頭喪氣的說著。

「是啊！就是因為讀書學習不有趣的關係。假如明確設定好未來目標，並且按照目標學習的話，讀書這件事還會這麼無聊嗎？素苡，你來這裡正是要找到答案。」

素苡點點頭，她從來沒想過自己是因為壓力大而瘋狂迷戀Bigstar，可是回頭仔細想想，的確，自己似乎因為功課或朋友的問題而承受壓力，每當遇到這些情形時，都是靠觀賞Bigstar的影片或聽他們的音樂來轉移注意力。

「目標？」

素苡嘗試思考關於恩恭老師所說的未來目標。

「去參加Bigstar的粉絲見面會？看Bigstar的演唱會？那應該只是促使我往目標邁進的動力，不足以成為我的目標。」

素苡突然躍躍欲試，到目前為止還未有人如此明確的指出她的問題，都只是一味禁止或勸她停止追星。恩恭老師在素苡眼中一下子顯得很偉大，其他小朋友也都有同樣的感受，對老師肅然起敬，因為老師會犀利點出原因和問題所在，彷彿能看穿他們的內心。

孩子們的眼神充滿鬥志，閃閃發亮，下定決心要在接下來的十天改變自己，反而是剛才還理性、犀利點出問題的恩恭老師，再次從口袋裡拿出地瓜來咀嚼。孩子們滿臉荒唐的看著恩恭老師，實在不曉得究竟哪個面貌才是老師的真面目。

03

為期十日的任務……真的可行嗎？

從現在起我們就是同一隊

恩恭老師吃完地瓜突然起身，用手勢要孩子們也一起站起來。大家還未搞清楚狀況，便紛紛從位子上起身。

「從現在起，我們就是同一隊！為了達成各自的目標，我們要當彼此的經紀人。素苡，你說說看，經紀人是做什麼的呢？」

素苡面對老師突如其來的提問，不加思索的回答：「就是……幫忙管理行程的人嘍！」

「沒錯，你們也會扮演這樣的角色，協助彼此管理行程和學習。要是有人打瞌睡就幫忙叫醒他，有人分心就提醒他要專心，像這樣大家一起朝各自的目標邁進，一定會比孤軍奮戰更有趣，對吧？」

這群從未關照過其他人的孩子瞬間答不出話來，他們不論怎麼想都覺得應該不會有趣，而是會很麻煩。

「嗯……都沒有人回答。等你們相處一段時間後就會知道我的意思了，一起互相加油打氣吧！」

孩子們十分困惑，一臉為什麼要加油的表情。然而，恩恭老師依舊把手背伸到孩子們的面前，要大家一起喊加油口號。

素苡興奮的將手疊在老師的手背上，有娜、燦敘、善雨也不情願的一一伸出手來。

「老師先喊口號，你們跟著我喊就好。」

恩恭老師清了清喉嚨，大聲喊：「山谷、山谷！學堂、學堂！我們是同一隊！加油！加油！」

老師的嗓門本來就很大，再加上放聲大喊，感覺耳膜快要被震破。孩子

們接二連三的喊著口號，雖然沒有整齊劃一，但至少在喊最後「加油」兩個字時有大略對到節奏。恩恭老師拍拍孩子們的肩膀，給予鼓勵。

「說明會就此結束，好好休息，明天就要開始練習自主學習了！」

「哇！接下來真的是自由時間嗎？」燦敘一臉開心到快要飛上天。

「當然！只要在明天早上八點前，交出接下來的十日計畫表即可！」

「啊——」孩子們滿臉「這又是在搞什麼」的樣子，放聲哀號。

「各位，這一點也不難，剛才我不是針對你們的影片提出評語了嗎？你們只要參考並設定好在這裡要達成的目標，擬定一份適合自己的計畫表就可以了。等一下回到各自的房間，打開書桌抽屜就會看到一份計畫表，每個人的早餐、午餐、晚餐、上床就寢時間都是固定的，只要在空格處填寫自己的學習計畫就好，很簡單吧？」

孩子們不情願的回答：「好。」

「那就回房間整理行李，肚子餓的人先吃飯，想洗澡的人先洗澡，好好享受自由時間！我們明天大廳廊臺見！」

恩恭老師打開房門，轉身離開。孩子們看著老師離去的背影，集體嘆了一口氣。

「他真的是一名好老師沒錯吧？」善雨表情略帶狐疑的詢問其他人。

「在我看來的確是如此，雖然有些怪異，卻滿有趣的。我比較好奇他為何要一直啃生地瓜。」燦敘好奇，孩子們聳肩表示不清楚，知道原因的人想必也不在此。

「話說回來，現在要想的不是地瓜的問題，而是我們的第一份作業。你們打算設定什麼目標？」善雨環視所有人一輪之後問。

「嗯……需要仔細想想。」有娜回答。

「總之，還有時間，可以先休息一下，太累了。」

燦敘走出老師的房間，孩子們也跟著他回到各自的房間，還留在房裡的善雨開始思考。

「為期十日的任務……真的可行嗎？」

十日計畫表出爐

早上八點整，山谷學堂的第二天正式展開，好不容易從睡夢中甦醒的孩子們，連眼睛都還沒完全睜開，就坐在大廳廊臺上接二連三的打哈欠。放假期間都是睡到十、十一點才起床，突然要他們八點起床實在太早，而且就算想要再多睡一會兒，也被恩恭老師敲打的鐘聲吵得難以繼續賴床。

「天亮嘍！太陽晒到屁股嘍！鳥兒都醒來啾啾叫了，起床啦！」

恩恭老師用不是唱歌也不是盤索里*的奇異節奏喊著，將孩子們叫醒。有人直接把棉被拉高蓋過頭，有人則用枕頭摀住耳朵，卻都沒什麼用。大家走

*盤索里：朝鮮傳統曲藝形式，「盤」意為場所、舞臺、空間，「索里」指「唱」或「歌」。表演以唱為主，說為輔，說唱結合。歌者演唱時一人飾多角，甚至要模仿天地間的各種聲音。

到大廳廊臺才發現，那裡擺了五張矮桌。孩子們站著東張西望，恩恭老師見狀率先坐到了矮桌前，孩子們也跟著依序入座。

「從今天起，我們就要開始執行十日任務了！請大家把我昨天指派的作業交上來。」

孩子們一一回房，將自己填好的十日計畫

表帶出來。

「就從有娜開始發表吧！」

「我設定的目標是減少睡眠時間，我在家裡通常會午睡四小時以上，如果突然取消午睡有點不切實際，應該不可能達成，所以先練習減少兩小時就好，回家後再繼續慢慢減少午睡時間。而且我的專注力比較差，無法長時間連續讀書，因此打算以一小時為單位來進行，加上我數學底子沒打好，也想重新複習四年級的課本。雖然一開始覺得丟臉……啊！不好意思，覺得有點害羞，但重要的是打好基礎，還是決定重新複習

有娜的十日計畫表

時間	
8 點	運動、盥洗
9 點	早餐
10 點	背五個英文單字
11 點	午睡
12 點	午餐
1 點	複習四年級上學期數學（一個單元）
2 點	午睡
3 點	吃點心
4 點	運動或玩樂（手機）
5 點	練習白天複習的四年級上學期數學習題（十題）
6 點	晚餐
7 點	複習白天背過的五個英文單字
8 點	看手機
9 點	學習日記、當日評價、與老師面談
10 點	洗澡、睡覺

好。就像老師您說的，不需要對讀書學習感到丟……抱歉，感到害羞。假如看到我在打瞌睡或分心，可以隨時叫醒我，但請別打我。那就……請各位多多關照了！」

有娜報告完畢，孩子們鼓掌。

「不能打你，那可以掐你嗎？」燦敘語帶調皮的問。

「夠了喔！一點也不好笑。」

有娜面無表情的回答，連看都沒看燦敘一眼。有娜的反應逗得大家哈哈大笑。

「我看燦敘應該是迫不及待想要向大家報告了，下一個就換你吧！」

「大家都知道，我是手機重度使用者，所以我的目標是一天只用手機三小時。對其他人而言可能還是很長，但對我來說已經減少很多了，真的很不容易，我想要自我挑戰。每當想要看手機時，我會出去玩、做運動，或是讀我喜歡的歷史書籍。
由於打電動的關係，我對歷史產生了滿大的興趣，尤其想要了解韓國史。其實，我看過爸爸戒菸時的樣子，非常容易生氣、煩躁，還會吃很多點心和餅乾，說不定我也會這樣，再請大家多多包涵。」

「哇！金燦敘，

時間	燦敘的十日計畫表
8 點	盥洗
9 點	早餐
10 點	手機（遊戲）
11 點	運動
12 點	午餐
1 點 2 點	預習五年級下學期數學、解習題（一頁）
3 點	吃點心
4 點	手機（YouTube）
5 點	閱讀韓國史相關書籍（十天內要讀完一本）
6 點	晚餐
7 點	手機（遊戲）
8 點	習題本（一定要寫完一天的量）
9 點	學習日記、當日評價、與老師面談
10 點	洗澡、睡覺

了不起喔！你真的能做到一天只看手機三小時嗎？」善雨語帶調侃，燦敘生氣的瞪著善雨。

「我要是真能辦到怎麼辦？」

「什麼怎麼辦，能辦到的話對你來說自然是好事啊！」

孩子們紛紛竊笑。

「也是。」燦敘略顯尷尬的回答。

「善雨說得沒錯，這份計畫不是為了別人，而是為自己制定的，所以不能設定成是為了做給誰看的計畫表，自己真的能夠做到最重要，這樣才是一份誠實的計畫表。絕不擬定無法遵守的計畫表，大家跟我一起說一次！」

「又要跟著您喊？老師，您為什麼這麼喜歡喊口號呢？」燦敘抱怨，恩恭老師卻假裝沒聽見。

「我先喊一次，你們跟上喔！絕不擬定無法遵守的計畫表！」

恩恭老師高舉拳頭呼喊。孩子們被老師的氣勢震懾，不得不跟著大聲喊：「絕不擬定無法遵守的計畫表！」

恩恭老師心滿意足的點了點頭。

「好，接下來輪到……善雨？」

「我決定改掉自己盲目久坐在書桌前

善雨的十日計畫表

時間	
8 點	運動＋盥洗
9 點	早餐
10 點 11 點	畫畫
12 點	午餐
1 點 2 點	複習五年級上學期數學（一小時）＋ 下學期數學（一小時）
3 點	吃點心
4 點	運動
5 點	手機
6 點	晚餐
7 點 8 點	補習班作業＋預習英文
9 點	學習日記、當日評價、與老師面談
10 點	洗澡、睡覺

的毛病，反正坐那麼久也沒有認真讀書，不如趁注意力無法集中的時候去做自己想做的事情。我很喜歡畫畫，我的目標是在接下來十天內完成一則漫畫故事。感覺一邊做自己喜歡的事，一邊維持有規律的生活，專注力也會慢慢提升，希望藉此機會重拾自信，找回以前的自己。」

孩子們報以熱烈的掌聲，鼓舞善雨。

「你們真聰明，懂得舉一反三。是啊！就像善雨說的，學習最好的動力來源就是覺察目標，一旦設定好自己想要過什麼樣的生活、想要成為什麼，讀書學習就會變成達成目標的手段。善雨找到了自己的目標，非常棒喔！」

恩恭老師為善雨拍手鼓掌，掌聲大到震耳欲聾。善雨也因為得到老師的稱讚而開心不已，他已經好久沒被誇獎了。

「好，接下來最後一位，素苡！」

「我好喜歡Bigstar，但要是整天只盯著他們看，相信歐爸也不會喜歡這樣的我，所以我希望能像他們一樣成為發光發熱的人，實現和Bigstar裡的Shine結婚的夢想。」

「好噁心喔！」

燦敘揶揄素苡，善雨和有娜則在一旁偷笑，但是素苡不以為意。

「我還要成為一名聰明的人才行，因

素苡的十日計畫表

時間	
8點	盥洗、打掃房間
9點	早餐
10點	溫習英文文法（一天一頁）
11點	複習五年級上學期數學
12點	午餐
1點 2點	手機（看我的歐爸們）
3點	吃點心
4點	運動
5點	寫習題
6點	晚餐
7點 8點	閱讀英文童話故事《長髮公主》並翻譯成韓文
9點	學習日記、當日評價、與老師面談
10點	洗澡、睡覺

此我會大幅減少欣賞歐爸的時間，轉而利用這些時間加強英文實力，我相信他們一定能體諒。在所有科目中，唯獨英文是我喜歡也比較擅長的，我一直有補習英文，經常得到老師的稱讚。我想把英文練得更好，畢竟Bigstar歐爸的英文不好，希望我可以成為他們的隨行翻譯，在他們進軍海外市場時提供協助。歐爸！等我喑！」

孩子們被這段話逗得拍手大笑，恩恭老師也忍不住放聲大笑。

「素苡你真是聰明，所以你的意思是，無法放棄Bigstar，但是會把自己的事情做好，對吧？非常棒。的確不需要強迫自己停止喜歡的事物，只要像素苡一樣，把該做的事情和喜歡的事情重新調整分配好，達到平衡即可。今天聽完你們的報告，基本上已經達成一半，剩餘的一半則取決於身體力行，先為你們安排的傑出計畫表掌聲鼓勵！」

恩恭老師對著孩子們鼓掌。

「不過，老師，計畫表上的『學習日記、當日評價』是什麼呢？」素苡舉手發問。

「這是個好問題，那是為了考核你們一日計畫的執行狀況，也就是按照自己達成了多少、哪些部分沒有做到、執行得多好等進行自我評價，來，每個人拿一張回去吧！」

孩子們仔細端詳恩恭老師發下來的表格。

「你們可以把最重要的目標寫在上面，然後觀察自己是否澈底實踐，如果沒有達成，原因是什麼，以及隔天要修正哪些地方，寫得越詳細越好。這份表格每晚睡前都要拿來讓我檢查，我會幫你把不足的地方改到滿意為止，所以從一開始就要仔細填寫喔！」

「那學習日記又是什麼？」燦敘問。

「我發下去的表格是用來填寫當天最重要的目標，對此進行自我評價；

學習日記則是按照你們寫在計畫表上的所有學習項目，回想當天的學習內容並將它們統統記下來。一開始可能會腦袋一片空白，什麼也想不起來，那就重新翻閱你當天溫習的課本也沒關係。總之，回想當天溫習的功課並

時間	我的目標	評價	分數（十分滿分）
第一天			
第二天			
第三天			
第四天			
第五天			
第六天			
第七天			
第八天			
第九天			
第十天			

做紀錄，這就是所謂的學習日記。做得到吧？」

孩子們小聲的回答：「好。」表情都略顯沉重。他們從未像這樣仔細制定過計畫、評價自己的執行結果，一直都是按照媽媽或老師的指示讀書、寫作業，想著盡快結束一天。四個不習慣親自制定計畫、嚴格遵守執行並進行自我評價的孩子，不免擔心這樣的學習方式是否有效，以及能否堅持下去。

「我看你們的表情一臉寫著：『有必要做到這樣嗎？』但就是要做到這樣才行喔！」

「哇！老師您怎麼知道我在想什麼？」燦敘驚奇的看向老師。

「真想讓你們看看自己的表情，根本是天要塌下來的樣子。別擔心，這十天不論發生任何事，只要做好嚴格遵守計畫的決心就好，你們又沒設定多艱難的計畫，絕對有能力實現，一定要相信自己，堅持到底！」

「好的！」孩子們終於打起精神，異口同聲大喊。

「還有一個好消息，達成目標的人可以獲得一份大禮喔！」

孩子們的眼神比先前更加閃亮。

「各位的父母承諾，會兌現你們一項心願。」

「哇——」孩子們鼓掌歡呼。

「千真萬確嗎？」素苡甚至眼眶泛淚，再三確認。

「我從不說謊！」

「哇！好棒，太棒了！」孩子們互看彼此，興奮到想起身奔跑。

「哈哈哈，這麼開心嗎？」

恩恭老師從口袋裡掏出地瓜一邊嚼，一邊對著孩子們露出會心一笑。

「不過，老師，我有問題！」素苡像是逮到機會，高舉手臂。

「只要不是關於初戀的問題，其他的我都能回答。」

「請問，為什麼您老是在吃地瓜呢？」

兌現一項心願～
哇～

「你說這塊地瓜啊？因為我正在減肥。」

沒想到竟是如此出乎意外的回答，孩子們紛紛瞪大眼睛。

「之前我去做健康檢查時，醫生警告我要是再不減重，身體就會變差，可能一整年都無法務農。以前讀書時，我只要壓力大就會靠吃東西來紓壓，結果不知不覺就成了這種體態，活像個大雪人。對於農夫來說，不能務農簡直就像被判死刑，只好強迫自己減肥。」

「哇！所以您是以地瓜代替米飯嗎？」

「這倒不是。」

「這哪叫減肥？」

現場噓聲四起，孩子們都認為不該如此。

「還是要按時吃飯，這樣才是健康的減肥方法。不過，我戒掉了有害身體健康的點心和宵夜，用地瓜來取代巧克力、餅乾、糖果、炸雞等食物。」

「那老師您也和我們一起做。」善雨臨時起意。

「做什麼？」

「老師也擬定一份十日減肥計畫表，和我們一起執行啊！」

「哇！這是個超讚的好點子。」燦敘大聲同意，其他孩子也拍手叫好。

「呃……」

恩恭老師露出為難表情，甚至有點後悔說出自己正在減肥。

「怎麼了？您難道不想嗎？您不是也要求我們這麼做嗎？」素苡忿忿不平，微微斜眼瞪著老師說。

「是啊！老師也要一起，我們才有辦法做到！」

有娜也極力說服恩恭老師，他猶豫良久，直到手中的那塊地瓜快要吃完時，才好不容易下定決心向孩子們宣布：「那就來挑戰吧！和你們一起，感覺自己也能成功瘦身。」

「喔吔！太好了！」孩子們圍繞在恩恭老師周圍歡呼。

「老師，您打算在這十天內瘦多少公斤？」

「這、這個嘛……三公斤？」

「再多一點吧！」燦敘才剛說完，恩恭老師便臉色一沉。

「絕不擬定無法遵守的計畫表，忘了嗎？」

「啊！是！」燦敘連忙回答。孩子們紛紛偷笑。

「老師您也要交一份十日計畫表給我們喔！」有娜語帶玩笑的說著。

其他孩子們也應聲附和：「沒錯，沒錯。」

「安靜，安靜！知道了。我今天會擬一份十日計畫表，明天給你們看，這有什麼難的。好啦！我們一起加油吧！」

「哇！老師最棒了！」

孩子們牽著恩恭老師的手蹦蹦跳跳，恩恭老師也高興得跳來跳去。每當恩恭老師跳起，大廳廊臺就會發出嘎吱聲響。

隔天早上，恩恭老師真的信守承諾，擬了一份十日計畫表。

恩恭老師的十日減肥瘦身計畫表

時間	
8點	晨間運動（爬後山）
9點	早餐（沙拉和全麥麵包）
10點 11點	務農
12點	午餐（糙米飯和均衡小菜，不吃超過一碗飯的分量）
1點 2點	務農
3點	點心（生地瓜或生胡蘿蔔、生黃瓜）
4點 5點	學習漢文
6點	晚餐（糙米飯和均衡小菜，不吃超過一碗飯的分量）
7點	簡單輕鬆的運動
8點 9點 10點	閱讀（絕不吃宵夜）
11點	洗澡、睡覺

養成規律的生活實在很困難

孩子們的團體學習地點在大廳廊臺，恩恭老師表示，大家齊聚一堂，呼吸清新的空氣，一起讀書學習會很不錯。孩子們各自選了喜歡的位子，看著彼此認真溫習功課的樣子，受到激勵，更有助於學習。

山谷學堂坐落在偏遠郊區，四周靜謐，蟲鳴鳥叫聲和樹木的芬多精味道取代了汽車噪音和油煙味，涼爽的自然風代替冷氣吹乾大家的汗水。雖然有兩臺電風扇在運轉，但有點多餘，因為已經很涼爽。

孩子們在位子上按照自己設定的計畫表做事。由於每個人的行程不盡相同，四個人齊聚一堂的時間並不多，頂多一小時左右，不過每當孩子們聚在一起時，都會詢問並討論彼此的學習進度和計畫，有時還會另外安排時間一起讀書。

第一天一切都進行得非常順利，老師甚至不需要檢視孩子們的計畫，他們就像完美組建的機器人，澈底按照計畫來行動。

「今天的學習成效非常好，難道是因為空氣好，大腦容易吸收知識？」燦敘敞開雙臂，對著善雨說道。

「希望不要只是三分鐘熱度喔！」善雨語帶調侃。

「你為什麼要潑我冷水？我說不定能堅持到底啊！」燦敘生氣的皺起眉頭，語帶抱怨。

「我是真心希望你能做到，不要只是空口說白話。」善雨彷彿成了老大哥似的，沉著穩重的說。

「真討人厭，你要先把說話刻薄的習慣改掉才行。」

「那你要改掉不經思考就說出心底話的壞習慣。」

「啊！真煩！」

燦敘氣得牙癢癢，作勢要打善雨的頭卻又收手作罷，他害怕再度被老師扣分。

「你要是能堅持到最後，我就認可你！」善雨說完，頭也不回的轉身走出大門，準備去運動。

不曉得是不是善雨一語成讖，第二天起，孩子們開始渾身不對勁。正當有娜、燦敘、善雨三人齊聚在大廳廊臺上溫習功課時，原本在溫習數學的有娜開始打瞌睡，善雨知道她在打盹，打算觀察一會兒再輕輕叫醒有娜，沒想到被燦敘捷足先登，將事情鬧大。

「啊哈哈！朴有娜又在打瞌睡了。喂，朴有娜！醒醒啊！」

燦敘大聲喊叫，有娜驚醒，連忙抬頭查看四周。

「這裡是哪裡？」

「還能是哪裡，就是山谷學堂啊！你剛剛在做夢嗎？哈哈哈！」燦敘正好無聊，他準備好好嘲弄有娜。

「打起精神，朴有娜！你再繼續打瞌睡就要摔到院子裡嘍！」燦敘不停嘲笑有娜。

「夠了。」有娜用低沉的嗓音警告燦敘，但對於燦敘來說，有娜的心情並不在他的考量範圍內，既然被他抓到把柄，自然是不會輕易放過。

「要是從這廊臺掉下去一定很值得一看，哈哈哈！我絕對不會錯過這麼精采的畫面，一定要拍下來才行。」

「都叫你停止了！」

有娜突然對燦敘咆哮，一旁的善雨早就料到會出現這樣的情形，畢竟有娜從剛才就一直漲紅著臉，只有燦敘絲毫沒有察覺。

「我是在幫你欸！把你叫醒不再繼續打瞌睡，為什麼要對我發脾氣？老師不是叫我們幫助彼此，互相監督學習嗎？」燦敘似乎沒有要停止的意思。

「你這哪是在幫我？根本就是在笑我！我知道自己很遜，所以你可以住口了！」

有娜怒吼完便負氣離開，回到自己的房間，不一會兒，房間內就傳出嚎啕大哭的聲音。

「看看你做的好事，這下該怎麼收拾？」

善雨不以為然的嘖嘖兩聲，燦敘則對這出乎意料的情況有些不知所措，他畏縮的回答：「我又沒做什麼，只是叫她別再打瞌睡而已，這有什麼好哭的？也太誇張了吧！」

「有娜都叫你停止了，你還是繼續嘲笑她啊！人家叫你停的時候就該停下，我看她都害羞到臉紅了。」

「連你也要這樣嗎？你是男生，應該和我站同一陣線才對。」燦敘替自己打抱不平。
「唉……你有必要在這個節骨眼分男生女生嗎？」
「女孩子都莫名其妙，你好歹也該站在我這邊吧！」
善雨無奈的搖頭，他實在看不慣燦敘強詞奪理。有娜的眼淚一直停不下來，過了一會兒，就在大家以為她的心情已經平復，卻聽見講電話的聲音。
「爸，我要回家！」
竟然直接打電話給家人，可見有娜行事也很衝動。燦敘聽見有娜的說話內容，不免有些驚慌，不知所措。
「你慘了。」善雨用略帶活該的口吻嚇唬燦敘。
燦敘縮著肩膀，豎起耳朵偷聽有娜的通話內容。
「不要，這裡的同學老是取笑我，都跟我不合，嗚嗚……」
有娜的眼淚開關再度被打開，嚇得燦敘連忙衝出大門外，拔腿狂奔。

「喂！你要去哪裡？不是不知道路嗎？小心迷路啊！」

雖然善雨不停對著燦敘的背影呼喊，但是燦敘沒有回頭。善雨忍不住笑了出來，他想不透燦敘到底在想什麼，明明膽小怕事，卻老是喜歡捉弄人。

不久後，恩恭老師邊脫帽子邊走進院子裡，彷彿在一旁默默看完這整齣鬧劇。恩恭老師看見大廳廊臺上只剩下善雨獨自坐著，便問他：「有娜和燦敘呢？」

「呃……那個……」

善雨支支吾吾，恩恭老師直接湊近問：「這麼快就翹課了？」

話才說完，就再度傳來有娜夾帶著哭聲，要家人趕快來接她的吶喊。

「發生什麼事？」

恩恭老師察覺情況不妙，緊盯著善雨問。善雨眼看老師神色嚴肅，意識到紙包不住火，無奈之下只好娓娓道盡來龍去脈。恩恭老師聽完後，面無表情的問：「燦敘這小子跑去哪裡了？」

「不曉得，他直接跑出大門了。」

恩恭老師清清嗓子，走進有娜的房間。原以為會聽見恩恭老師和有娜爸爸間的通話，沒想到才一會兒的功夫，恩恭老師便邁出房門，往大門走去。約莫十分鐘後，燦敘便一臉驚嚇的被恩恭老師抓著手腕拖了進來。

「有娜、燦敘、善雨，三人都來這裡坐好！」

說話總是半開玩笑的恩恭老師，這次卻是盤腿端坐在廊臺上，用嚴肅的口吻說道。孩子們面對老師出乎意料的態度，都繃緊了神經，不敢輕舉妄動的紛紛坐下，恩恭老師緩緩開口說：「計畫總是趕不上變化，會出現一些意想不到的事情搞砸或阻礙自己的計畫，都是難免的。當這種情形發生時，直接依賴別人或逃避是非常不好的態度，當然，有時候的確情況危急，需要求助父母，但現在並不是緊急狀況，因為一點小事打電話向爸媽告狀、明明要向對方道歉卻選擇落跑，都不是好辦法！你們已經十二歲了，不是五歲的小朋友！」

孩子們低下頭，他們發現把在家裡的壞習慣搬來這裡一點也不管用。

「燦敘扣三分，有娜扣一分。」

燦敘不敢吭聲，他心知肚明，這次的確是自己有錯在先。

「燦敘，你知道自己該怎麼做吧？」

「嗯……」

燦敘猶豫了一會兒，好不容易看著有娜說：「對不起，我沒有考慮到你的感受，是我太過分了。」

有娜尚未氣消，連看都不看燦敘一眼。

「嘲笑別人的生活習慣，而且還是對方正在努力改善的習慣，真的是非常惡劣的行為，你知道吧？」

恩恭老師訓斥燦敘，他點頭表示知道。

「有娜也別凡事都找爸媽告狀，要試著練習自己解決問題。」

「好……」有娜小聲回答。

「雖然發生小插曲，但無論如何還是要遵守計畫，假如因為這件事情耽誤到當日安排的讀書進度，就要犧牲睡眠來補完才能睡覺，聽到了嗎？」

「好……」

恩恭老師摸了摸孩子們的頭，然後拿起鋤頭重回田地。不論是改變習慣還是遵守計畫，對孩子們來說，依然是非常困難的事情。

04 我怕我做不到

三分鐘熱度的決心

孩子們到第二天為止都還能勉強遵守計畫，但第三天便開始逐漸鬆懈。雖然有娜盡可能撐著身體不要睡著，仍經常發生眼皮不聽使喚的闔上、頭撞到書桌的情形，導致很多時候都未能達成原先設定的學習進度。

燦敘也沒好到哪裡去，他雖然按照計畫只用手機三小時，讀書學習時卻難以集中精神，總是無法順利達成每天設定的進度。拿著學習日記和當日評價表去找恩恭老師時，還得當場把當天未達成的進度補完，是在老師的房間待最久的人。

「有時很專注，可以一口氣讀五小時；有時難以專注而只讀兩小時，這樣就算達到兩天的學習量也沒有意義，重要的是規律學習，不論如何一定要完成當日計畫。假設規定自己一天要解五道數學題、熟記五個英文單字，就必須做到，不能今天整日玩耍，明天再解十道數學題、熟記十個英文單字，務必銘記在心。跟著我喊一次：『就算天塌下來也要遵守計畫！』」

恩恭老師雙眼緊盯燦敘。燦敘不得已，只好用細微的嗓音跟著喊。

「聽不見！」

燦敘深呼吸，用足以撼動恩恭老師髮絲的音量大聲呼喊：「就算天塌下來也要遵守計畫！」

恩恭老師這才露出滿意的表情。他再次仔細檢視燦敘的學習日記和當日計畫表，發現燦敘反覆在類似的數學題型上犯錯。

「燦敘，你昨天解的第三題和今天解的第八題是相同題型，但你還是算錯，表示你沒有理解這個數學原理，這時，不妨重新研究這個範圍，將算錯的題目另外做成一份錯題筆記會比較好。把自己算錯這題的原因寫下來，這樣才不會又重蹈覆轍。自己不會算的題目也別馬上看解答，你要先自己動腦思考，就算重新翻閱教科書都比直接看答案來得好。從明天起，我要連你的錯題筆記也一起檢查。」

恩恭老師雖然告訴了孩子們讀書方法，卻沒有強迫他們一定要照做，只是提供建議而已。對於孩子們來說，這樣的方式無疑是更大的力量，比較容易激發學習動力，因為要是不斷被指責哪裡有錯，反而會變得沒自信又畏畏縮縮。

未能達成當日進度的人得犧牲睡眠來完成目標進度，所以從第四天起，有人吃早餐時還精神不濟的在打盹，恩恭老師見狀，提出了一項建議。

「有誰要和我一起早上七點半起床，在這附近晨跑三十分鐘？」

「我怕我做不到。」

「感覺會邊跑邊睡。」

「我不要。」

「我也寧願多睡一會兒。」

孩子們統統婉拒邀約，光是八點要起床就已經很困難了，還要他們提早半小時起床晨跑，根本不可能。

「你們不知道這附近有很多流浪貓吧？」

「流浪貓？」喜歡動物的有娜突然豎起耳朵。

「我會固定幫那些流浪貓準備食物，這些小傢伙每天早上都在引頸期盼我去放飯，我想要分配一下區域，和你們分別在不同地點餵食，那些流浪貓就不用等我太久，可以早點吃到飯。」

「好！老師！我要！我要報名參加！」

有娜高舉手臂，積極爭取加入老師的行列。

「請問有多少隻流浪貓呢？」素苡也流露出感興趣的樣子。

「超過十隻喔！有些還懷有身孕，馬上就要生了。那些可憐的孩子每天都痴痴的等著我去放飯，我也放不下牠們，讓牠們等太久會感到愧疚。」

「那我也要參加！」

恩恭老師話一說完，素苡就表示自己也要同行。還在一旁打瞌睡的燦敘精神恍惚，沒聽清楚老師說的內容，隱約聽見要送飯給流浪貓吃，糊里糊塗便答應了這件事，害得善雨也不得不參加。

「很好！那我們就兩人一組，設定好每一組負責的區域，一起去餵流浪貓吧！明天開始如何？」

「好！」

隨著餵食流浪貓的計畫開始，孩子們比先前更能夠早起了，因為只要想到要為可愛流浪貓放飯，看牠們吃得津津有味的模樣，就會覺得犧牲三十分鐘睡眠也在所不惜。

孩子們一邊新增計畫、一邊開心的適應山谷學堂的生活，然而要在一夕之間改變所有習慣還是非常困難。燦敘在溫習數學時，偷偷在書桌底下打電動被逮到，手機被沒收了一整天；善雨因為不想去運動而坐在書桌前畫漫畫，被素苡指責；素苡則是邊讀書邊陶醉的大聲哼唱Bigstar歌曲，惹得其他人集體抗議。

「拜託別再唱那首歌了，我都聽到快背起來了！」

「抱歉，我會再多注意的。我的學習方式就是要邊唱歌邊讀書。」

「這樣有辦法學習？」有娜滿腹好奇的詢問。

「所以她才會功課不好啊！」燦敘趕緊把握這難得的機會，又想要嘲弄同學。

「其他人都會被你影響，讀書時最好別再聽音樂了。」善雨一臉嚴肅的建議。

素苡面對同學們的不滿，比出ＯＫ的手勢承諾不再犯，只是要改掉這項壞習慣不容易。她有時甚至會突然起身跳舞，把其他同學都嚇一跳。

有娜也半斤八兩，白天午睡時睡太沉，素苡還擔心的將手指放在有娜的鼻孔下方，確認她有沒有呼吸，所幸還有氣息。

「有娜，起來了！已經睡超過三十分鐘了。」

「唔……唔嗯。」

「你再睡的話，晚上就要在恩恭老師那邊待到很晚嘍！」

有娜聽聞這番話瞬間驚醒。

「不行，不可以！」

有娜說著不知是夢話還是發自內心的真心話，連忙起身快步走到大廳廊臺。眼看有娜一直難以改善愛睡覺的習慣，某天，在吃完點心之後，恩恭老師把有娜叫了過去。

「有娜，要不要和老師一起去後山散步？」

有娜雖然不喜歡爬山，但是感覺恩恭老師有話對她說，只好勉為其難的跟著老師出門。

後山的山坡並不陡峭，輕輕鬆鬆就能走上去。兩人配合著彼此的步伐，一同走上山。爬山期間，恩恭老師沒有特別說什麼，頂多向有娜介紹沿途看到的花草樹木而已，兩人走了三十分鐘左右終於登上山頂，他們在一顆石頭上並肩而坐，小憩納涼。恩恭老師將水瓶遞給有娜，有娜大口喝下，感覺神清氣爽。恩恭老師等有娜不再流汗後，開口說：「老師覺得你是很仔細、冷靜穩重的孩子，也很有責任心。」

「啊？我嗎？」

有娜面對老師突如其來的稱讚感到有些害羞。

「根據老師過去這四天的觀察，確實如此。你認為自己擅長什麼呢？」

「擅長的嗎？」

有娜陷入短暫沉思，她過去一直認為自己沒有任何擅長或想做的事情，所以一時之間不曉得該如何回答。眼看有娜遲遲沒有回應，恩恭老師對她低聲耳語：「在老師看來，你不僅負責任，也很會照顧人。」

「我嗎？」

「對啊！我看你在餵流浪貓的時候，就覺得你很喜歡也很擅長，做得很仔細、有責任感，而且主動提議給流浪貓喝水的人也是你。」

「那是因為我經常看流浪貓的YouTube影片，知道水對流浪貓來說，是非常重要且寶貴的資源。」

「沒錯，老師都沒想到這一點，儘管看著牠們喝不乾淨的水，也沒想到要弄一些乾淨的水給牠們，是老師不夠細心。」

有娜頓時豁然開朗，她從來不知道原來自己有這樣的優點。

「老師覺得等有娜長大以後，去當獸醫應該會做得很好。」

「獸醫？老師，可是我的功課沒有很好，幾乎是全班墊底……」

有娜垂頭喪氣的回答。恩恭老師伸出食指左右搖了搖。

「有娜，你才十二歲，從現在開始絕對來得及，有什麼好擔心的？」

「因為我的基礎沒打好……其他人都已經提前學習六年級的功課進度，

可我卻……」

「但那些人都不是朴有娜，你只要按照自己的速度走就可以了，不需要與誰比較。」

「……」

「老師這裡有幾本關於動物和獸醫的書，你想讀看看嗎？」

「好！」有娜眼神發亮的回答。

恩恭老師拍著有娜的肩膀說：「很好！如果想要改變計畫也無妨，說不定獸醫真的會是你未來的模樣，按照這項目標重新擬定十日計畫吧！」

有娜的內心開始狂跳，至今為止，她從未想過自己將來要成為什麼，只想過「自己的功課好差，將來還能做什麼」，聽完恩恭老師說的話，她產生了想要把某件事情認真做好的念頭。

有娜真的非常喜歡動物，不只是貓狗，就連其他人都避之唯恐不及的蛇或蜥蜴她也毫不排斥，甚至會嘗試伸手觸摸。她對動物的確充滿好奇，小時候也非常喜歡去動物園玩，經常觀看動物相關的YouTube頻道。

「為何我從沒想過那是我的專長呢？好，我要成為一名獸醫！那樣的生活應該十分幸福。」

有娜下定決心，立志朝

獸醫的方向前進。她和老師一同走下山，一回到學堂，便立刻修正了自己的計畫，將複習英文單字和看手機的時間更改成閱讀時間，安排閱讀動物或獸醫相關的書籍。這是她第一次覺得自己的十日計畫表看起來好漂亮，以前只是一張看了就有壓力、連看都不想看的計畫表，不過隨著目標意識產生、計畫表修改完成以後，不知為何，她變得總想隨時查看自己的計畫表。

「我現在也有夢想了，一定要將它實現！」

有娜的心就像高掛在山谷學堂大門上方的雲朵，一朵朵騰空而起，飛上藍天。

金燦敘的廁所事件

隨著日子來到第五天，孩子們逐漸習慣規律的生活，尤其有娜的改變最為顯著。她已經不再是過去那個毫無活力的孩子，就算睡午覺，也會一聽見鬧鐘聲響便立刻起身，傍晚閱讀時所展現的專注力更是驚人，甚至曾在一天內就讀完恩恭老師推薦的書籍。有娜的變化，無疑為其他人帶來正向影響，孩子們看著有娜的進步也備受鼓舞，開始逐漸體會一天天達成目標的喜悅。

原本最令人擔心的燦敘也適應得不錯，當然，他偶爾還是會不自覺嘟囔著「真想打電動」，一邊望向天空發呆，把大家逗得哈哈大笑，但整體來說還是遵守著計畫。只不過，燦敘給自己的評價並不高，恩恭老師尤其花較多心思在和他面談，仔細確認他的學習進度，他在四名孩子當中也是面談時間最長的，可見燦敘在遵守計畫上的確有些吃力。

某一天，其他孩子已經和老師面談完畢，時間已超過晚上九點，總算要輪到燦敘了。恩恭老師請面談完的善雨順便把燦敘叫來，卻發現燦敘竟然不在房內。善雨跑去廁所查看，敲了敲其中一扇上鎖的隔間。

「金燦敘，你在裡面嗎？」

「呃唔……對。」

「快出來，換你跟老師面談了。」

「咳唔……好，我在上大號。」

「快點出來，老師在等你。」

「知道了。」燦敘像是便祕正在全身用力那樣，勉強擠出回應。

善雨暗自心想：「這人毛病還真多。」他走出洗手間等燦敘出來，但隨著時間一點一滴流逝，經過五分鐘、十分鐘，燦敘依舊沒有動靜，善雨氣呼呼的再度走入廁所。

「喂！金燦敘！你到底在做什麼？已經過十分鐘了！」

「呃……大便一直出不來，可能便祕了。」

「什麼？」

「我從昨天就拉不出來，一直肚子痛，現在正在用力，你不要老是來干擾我。」

善雨連忙捏著鼻子走出廁所，又覺得不太對勁，完全沒有聞到味道啊？啊哈！善雨的腦海突然浮現一個好主意，他不懷好意的暗自竊笑，故意大聲呼喊恩恭老師。

「老師，燦敘說他便祕，現在沒辦法去找您面談！」

孩子們紛紛竊笑，每個都從房門探頭出來準備看好戲。恩恭老師嚼著胡蘿蔔走到大廳廊臺，露出若有似無的淺淺微笑往廁所方向緩步移動。孩子們緊跟在老師身後，等著看熱鬧。

「燦敘！聽說你便祕了？」

面對突然親自過來關心的恩恭老師，燦敘無言以對，廁所裡面頓時沒了聲響。

「燦敘，已經十五分鐘了，你還是上不出來嗎？」

孩子們偷笑，果然

還是沒有答覆。

「燦敘，老師以前看過一則新聞說有人一週沒大便，糞便毒素累積過多而昏迷，我看還是趁你變成這樣之前先幫你叫救護車吧！」

恩恭老師話才剛說完，廁所門便被用力打開，燦敘立刻衝出來。

「老師，我已經大完便了，我們走吧！」

同學們捧腹大笑，燦敘則是推著恩恭老師的背往前院走去。

「金燦敘，你很詭異喔！你手裡拿的是手機吧？」素苡強忍笑意問。

燦敘連忙把手機藏在身後，結結巴巴的說：「啊！手、手機，沒錯，是手機，但是，呃，對，是為了要看時間！我是為了看時間才帶進廁所裡的，因為不能在裡面待太久。」

「說謊是比不遵守計畫還要糟糕的事情喔！」

恩恭老師一臉嚴肅的說，燦敘低下頭。

「再怎麼想打電動也不能這樣吧！竟然坐在馬桶上玩，也太臭了。」

善雨終於逮到可以嘲弄燦敘的機會。

「感覺你身上會附著臭味，畢竟都坐了三十分鐘的馬桶。」

「噁——便祕達人金燦敘！」

孩子們捏住鼻子，紛紛嘲笑燦敘。不過，無論孩子們怎麼開玩笑，燦敘依舊無動於衷，只是垂頭喪氣的站著。

「燦敘，跟老師進來房間。」

出乎意料的是，恩恭老師沒有生氣或責罵燦敘，只是啃著胡蘿蔔招手要他進房。

燦敘拖著沉重的步伐，跟隨恩恭老師走進房間，坐在位子上的兩人靜默相對，不發一語。

「其實，老師已經不是第一次減肥了。」

聽到這句沒頭沒尾的開場，燦敘不禁抬起頭望向恩恭老師。

「我改不掉愛吃點心、宵夜和暴飲暴食的生活習慣，一直瘦不下來，健康也亮起紅燈，每到這種時刻，我就會嘗試減肥瘦身，應該已經試過不下十次了。」

燦敘豎起耳朵，仔細聆聽恩恭老師說話。

「但是十次都失敗了，你應該也知道，怎麼可能放棄好吃的巧克力、炸雞和點心，對吧？」

「當然，炸雞是真愛啊！」

「沒錯，炸雞是真愛，可是這次不一樣。」

「您覺得自己會成功嗎？」燦敘瞪大眼睛問。

「當然！我有好好遵守計畫，甚至是以前從未正眼瞧過的生地瓜、胡蘿蔔、小黃瓜，現在都覺得好吃，而且還越嚼越甜。」

「您不是說，說謊是比不遵守計畫還要糟糕的事情嗎……」

「不不不，我是認真的，真的很好吃，你要不要也吃吃看？」

恩恭老師把自己吃剩的那塊胡蘿蔔遞到燦敘面前。燦敘直接皺起眉頭，連忙向後退。

「你知道這次的減肥瘦身計畫為什麼不同嗎？」

燦敘搖搖頭。

「因為有理由。」

「理由？」

「老師上次不是說過，我去醫院做檢查，結果醫生說要是再繼續下去，身體就會在一年內惡化到沒有辦法務農的程度。」

「對，您有說過。」

「我聽完後覺得好害怕，老師到死為止都要當農夫，要是不能務農，人生多無聊啊！我總算找到不得不瘦下來的理由，當然，這終究還是別人幫我找到的理由。」

燦敘這下才懂恩恭老師為什麼莫名其妙提起減肥這件事。

「你之所以未能達成目標，並且對此感到痛苦，是因為還沒找到需要減少使用手機的原因，以及需要讀書學習的理由。」

燦敘點點頭。
「你一定要找到這些理由，才會產生力量去掌控自己熱愛、卻會成為人生絆腳石的東西。」
「好……」
「老師相信你終究會找到的。」
恩恭老師拍了拍燦敘的肩膀，燦敘也對老師露出一絲微笑。
「雖然你為了打電動而佯裝便祕，但今日事還是得今日畢，對吧？去把學習日記本和評價表拿來吧！」
「我還以為說不定能通融……」燦敘語帶惋惜。
「在這間學堂裡，只有『果然』，沒有『說不定』喔！」
面對恩恭老師斬釘截鐵的回答，燦敘只好聳聳肩，打開房門。這時，恩恭老師在他身後悄悄問：「你在廁所裡有玩到角色升級嗎？」

「有！我才玩三十分鐘就破關了！嘿嘿……」

燦敘說完似乎也意識到自己確實做得不對，他搔搔頭，連忙衝出房間。

善雨的時間跑得可真快

在這間學堂裡，善雨終於找到原本模糊不清的夢想。善雨很喜歡畫畫，還特地去補習美術課程，但上小學四年級後就暫停了，因為擅長畫畫的孩子實在太多，善雨自認畫畫實力一般般，和其他同學的繪畫風格也不太一樣。不過，每當他在家中感到無聊時，就會隨手提筆作畫，他會畫叨念不休的媽媽，也會用畫畫來表達自己逐漸畏縮的心理狀態——儘管藏妥的畫本被媽媽發現，把他罵了一頓，他仍堅持繼續作畫。

「兒子！媽有長這麼醜嗎？嘴唇怎麼長這樣？為什麼這麼凸？」

「你每次對我嘮叨的時候，嘴唇都會像那樣凸出來。」

媽媽照著鏡子反覆查看自己的嘴唇，其實她的嘴唇並不是真的凸出，只是善雨望著媽媽嘮叨的臉時只看得見她的嘴脣，才以誇張的方式描繪。

善雨在學堂裡也是，只要有多餘時間，就會描繪恩恭老師和其他同學們的長相。他的畫風有一個特色，就是表現出自己對描繪對象的感受，並非寫實風格，因此，看到畫的人往往會有點生氣或心情差，導致善雨不得不小心翼翼藏好畫本。

正所謂世上沒有永遠的祕密，善雨的畫本終究躲不過被發現的命運。某天吃完點心、打完球後，因為還有一點時間，所以善雨趴在大廳廊臺上，聚精會神描繪燦敘。

「喂！張善雨！我有長得這麼像怪物嗎？你找打喔！」

善雨嚇得猛然起身，發現燦敘就站在他背後，氣呼呼的直盯著畫本。

「我畫的不是你啦！」

「少來，手上拿著遊戲機的人就是我啊！你還想裝蒜。」

「世界上只有你有遊戲機嗎？」

「你別再說謊了，那個眼睛、鼻子都畫得跟我一模一樣，想騙誰？」

正當燦敘怒氣沖沖的與善雨爭執不休，有娜從房間裡走了出來。她看見善雨的畫，忍不住驚嘆：「哇！張善雨，你是天才嗎？這任誰都能一眼看出是金燦敘啊！畫得超級像吔！很傳神。」

「你看吧！」燦敘瞪大眼睛，重重的哼了一聲。

善雨為了不讓燦敘察覺自己失守的嘴角，連忙撇過頭去，他知道自己無法再狡辯下去了。聽聞燦敘的高分貝吶喊聲，在房間內休息的素苡也默默走到大廳廊臺一探究竟，發現大家正忙著欣賞善雨的畫作，驚呼連連。這時，素苡一把將善雨的畫本搶了過去，說：「我猜你一定也有畫我。」

善雨驚慌失措，卻為時已晚。素苡快速的翻閱著畫本，看見善雨描繪

的恩恭老師，惹得她當場捧腹大笑。

「這是什麼啦？哈哈哈！是吃胡蘿蔔的大力士嗎？也太可愛了吧！」

「還好意思笑別人，你看這張，畫的不就是你嗎？活像個跳舞的蠢蛋，哈哈哈！」

直到剛才都還在生氣的燦敘，看著善雨描繪的素苡笑到直不起腰，而原本還在哈哈大笑的素苡一看到畫著自己的圖畫瞬間變臉，她斜眼瞅著善雨，彷彿會有兩道雷射光從那雙眼睛裡射出。

「哇！善雨好會畫畫。」

不知不覺間，恩恭老師已經默默走到孩子們的身後，一同欣賞畫作。

「老師，您看看他畫的您，這樣還有辦法稱讚他嗎？」

素苡翻開善雨描繪的恩恭老師，老師非但沒生氣，還賣力誇讚：「任誰看都能一眼認出是我啊！人物特徵抓得非常精準喔！」

大家看到老師的反應雖然略顯失落，但不可否認，善雨的確很會畫畫。

「真是畫得既特別又厲害。」有娜讚嘆不已。

「善雨，好好發揮自己的才能吧！」

恩恭老師留下這句話，便匆匆走出大門，轉眼消失不見。可能就是從那時起，善雨開始變得頗有自信，他發覺自己原來具有透過畫作逗人笑、惹人哭、使人讚嘆的本事，並對於身懷這項絕技感到開心。過去只會埋首苦讀、不做其他任何事時，總覺得自己是被迫讀書學習，如今已不再是如此。

善雨坐在書桌前的時間明顯縮短了，以前在家一天坐在書桌前八小時，在學堂則可以減少到四小時左右，而且溫習任何功課都能非常專注，因為趕快把功課溫習完就能畫畫；也因為在學堂呼吸新鮮空氣、運動、盡情作畫，他的表情更產生了變化。

在善雨找回自信的同時，他也逐漸找回過往讀書學習的實力，由於基礎打得不錯，光是認真預習、複習就能看見明顯進步，每次寫習題本也都會拿九十分以上。

「張善雨，你本來就這麼會讀書嗎？」

在廊臺上一起溫習功課的燦敘，走到正在批改數學習題的善雨身旁，語帶羨慕的問。

「我就是如此優秀的人。」善雨刻意抬頭挺胸，調皮的回答。

「真羨慕，數學竟然只錯兩題，這是六年級的數學嗎？」

「補習班都要我們提前先學。」

「我數學只要考七十分以上，我媽就會很開心了。」燦敘沮喪的說。

「數學一定要從基礎開始，建議你先把四年級的教科書拿出來複習。」

「這也太丟臉了吧！都五年級了，還要複習四年級的教科書？」

「讀書哪有什麼丟臉的，有娜也是拿四年級上學期的教科書在複習。」

「她是她，我是我。」

「自尊心值多少？等上了國中，你會後悔的。」

燦敘噘嘴，心不甘情不願的說：「我用包裝紙把四年級教科書的封面包起來，這樣就不會有人發現了吧？」

「喔！這的確是不錯的方法！」

善雨和燦敘同時放聲大笑。

「老師說，讀書最重要的是規律，一天無論如何都要解完十道數學題，像這樣設定好規律就能學習得更好，你看，我還自己做了表格。」善雨翻開自己的筆記本給燦敘看。

「這是一份以十天為單位的成功紀錄表。」

「什麼是『給自己的禮物』？」

燦敘一邊參考善雨的筆記本，一邊訝異的問。

「只要十天都有達成目標，我就會給自己一份禮物當作獎勵。」

「你會叫媽媽買禮物給你喔？」

「不是，你想得到什麼小禮物就用自己的零用錢買給自己，不一定要是物品。」

「不是物品要

十道數學題	成功	失敗
第一天		△
第二天		△
第三天		△
第四天	○	
第五天	○	
第六天		
第七天		
第八天		
第九天		
第十天		
給自己的禮物		

怎麼當作禮物送給自己？」

「嗯……這可能會讓你覺得有點想吐，比方說，稱讚自己五分鐘，諸如此類的？」

「噁！什麼嘛！真的是挺想吐的。」

「可是稱讚完自己，心情真的會很好喔！有什麼關係，又不是說給別人聽。你也可以買一份辣炒年糕或一直很想要的玩具、吃兩份泡麵等等，作為禮物犒賞自己一番啊！」

「吃兩份泡麵是個不錯的主意！」

兩人相視而笑。

「金燦敘，要是數學方面有什麼不會的，儘管來問我，我罩你。」善雨調皮的拍了拍燦敘的肩膀說。

「是是是，沒問題，數學天才！」

善雨挺起胸膛，向燦敘伸出手，燦敘則是畢恭畢敬的輕輕握住。

「看來你讀書都滿順利的，真羨慕。」原本還在和善雨開玩笑、胡鬧的燦敘，突然仰躺在善雨身旁，喃喃自語著。

「只要早起運動、畫我喜歡的漫畫，心情就會變得很舒爽，再帶著這樣的好心情去學習，怎麼說呢……會產生一種莫名的自信心。」

「真好。」

「就像老師說的，只要找到學習的理由，這件事情就會變得有趣。我再告訴你一個祕密好了，只有你知道喔！我長大以後也想要繼續畫畫。」

「真的嗎？」燦敘睜大雙眼看著善雨。

「我也想去美國留學。」

「哇！太酷了！」

「感覺到國外可以看到更多畫作。」

「張善雨，你比我想的還要帥氣吔！」燦敘發自內心讚嘆。

「哈哈哈，沒有啦！我就差不多是這種水平嘍！」

「不要這麼囂張應該會更帥。」

燦敘一針見血的評價，逗得善雨放聲大笑。

「你不妨試著找找學習的理由，這樣就會自然而然領悟到，讀書是為了實現這個理由的必經之路。」

「這就是困難的地方。」

「慢慢找，沒關係，有什麼好著急的，反正我們才十二歲而已。」

燦敘點點頭。

起初，善雨還以為燦敘只是整天沉迷於遊戲的蠢蛋，甚至根本不想和他走太近。隨著一天天朝夕相處，善雨逐漸發現，燦敘是個內心溫暖善良的孩子，雖然藏不住心底話是他最大的缺點，但也表示他直爽坦白、毫無隱瞞。

善雨心想，成天躲在手機世界裡的燦敘，一定也能很快找到自己擅長、喜歡的事情。

善雨走下大廳廊臺，精神抖擻的大聲向燦敘提議：「要不要和我比一場足球比賽？」

「好啊！這我可是有把握能贏你喔！」

燦敘和善雨找到一顆足球，在韓屋的院子裡奔跑踢球。夏日豔陽灑落在兩人的肩上，耀眼奪目。

沒有 Bigstar 的時間其實比想像中無所謂

素苡坐在大廳廊臺上，呆望著蔚藍天空，腦海裡回顧著過往生活，除了追星以外，好像真的沒做什麼。她是在剛升上小學四年級時迷上Bigstar，等於維持了一年半左右的追星生活，學校和補習班作業都只是勉強應付，更沒有預習或複習過學校課業。Bigstar的影音內容每天更新，幾天沒有關注就會有看不完的影片或音樂。像素苡這樣整天忙著追星，自然不會覺得學校生活有趣。對素苡來說，和班上有在追星的同學閒聊以外的時間，學校都是個無聊的場所，是個不得不去的地方。

不過在放學後的課後班中，素苡認為由外籍老師上課的英文課很有趣，因為可以了解歐爸喜歡的英文流行歌曲的歌詞內容，也有助於理解他們在海外脫口秀節目中或接受外媒訪問時所說的內容。除了英文，素苡一點也不喜歡其他科目，她的自信心越來越低，要跟上補習班的進度也愈發困難，不知不覺便成為一個只知道追星的孩子。

但是在山谷學堂裡不同，老師告訴她，擅長英文是非常厲害的優點與能力，要好好發揮這項長才。恩恭老師的鼓勵無疑為素苡增添了一對翅膀，素苡為此開心到內心在放煙火，自那時起，她便下定決心，至少在山谷學堂的期間要好好遵守計畫表，她一方面是想要證明給恩恭老師看，一方面則認為倘若成功實踐，以後不論做任何事都能更有自信。

參加營隊的第一天，素苡光是要早起就很困難了，恩恭老師播放的吵雜鐘聲迫使她不得不起床，她硬著頭皮勉強早起了幾天，逐漸適應後也發現自己滿適合利用早晨時間讀書。素苡當初在設定學習計畫時，考量到自己專注力較差，比起長時間溫習同一個科目，她反而是設定以一小時為單位進行學習，避免感到無聊，這樣的方式恰巧非常適合她。當她抱持「只要專心學習一小時就好」的心態讀書，就真的會奇蹟似的全神貫注，因此她也用同樣的方式溫習其他科目。

一開始，只要沒有歐爸們的音樂陪伴，素苡便難以專心，尤其是在解習題時，一定要聽Bigstar的音樂才有辦法順利作答，她會戴著耳

機邊聽音樂邊讀書，不久後這也成了問題，因為她總是不自覺的跟著大聲哼唱。

「小數與分數的混合計算，要選用一種方法來統一計算……嗚喔喔——我們那段燦爛的愛情——嗚喔喔，就這樣流逝了，就這樣消失了——」

素苡習慣性的唱出口，害得在一旁溫習數學的有娜飽受驚嚇。

「啊！許素苡！你到底在做什麼啦！」

有娜摀住耳朵大喊，可是素苡只聽得見Bigstar的最新主打歌曲。素苡唱到忘我，愈發陶醉，音量也越來越大。

「啊啊啊——早知你會離開，我就該多愛你一些，啊啊啊——早知我們沒有未來——」

「許素苡！」

有娜忍無可忍，直接伸手將素苡的耳機摘下，素苡這才睜開因過於陶醉而閉上的雙眼。

「你到底是來讀書，還是來唱ＫＴＶ的？」

素苡露出了尷尬笑容。「抱歉，我真的不知道原來自己在唱歌。」

「你的耳機音量調那麼大聲做什麼？這樣不會妨礙讀書嗎？」

「絕對不會，從來不影響！我要是沒有歐爸們的音樂就無法讀書。」

「怎麼可能？音樂聲音這麼大哪能專心，而且你還跟著唱這麼大聲。」

「這點有娜倒是說得沒錯。」

有娜話一說完，恩恭老師便從某處突然現身補上一句，嘴裡還一邊嚼著小黃瓜。

「邊聽音樂邊讀書效果比較好，這只是素苡自己的想法。儘管當下暫時能記住那些內容，也不見得能記很久喔！」

「天啊！老師，我的記憶力有這麼差嗎？」素苡苦著臉說。

「不是記憶力差，是你根本什麼也沒記住。」

有娜聽聞恩恭老師這麼一說，忍不住笑著附和：「老師好中肯。」

素苡噘起下唇。

「你要把所有會妨礙讀書的元素統統去掉，才會提升讀書效率，在最短時間內得到最大效果。要是讀書對你來說非常有趣，那就另當別論，但現在顯然不是。不如一鼓作氣，要讀就好好讀、趕快讀完，會不會比較好？」

「您說得沒錯。」素苡點頭同意。

「禁止戴耳機、跟唱、聽Bigstar歌曲。素苡，你讀書時嚴禁這三件事，牢記在心喔！」

恩恭老師留下這句話後，便又消失在大門外。

「你們不覺得有時候恩恭老師也挺像會施法術的道士嗎？神不知鬼不覺咻的出現，然後又咻的消失。」

素苡聽有娜這麼一說，放聲大笑，隨即又露出了失落的表情。

「現在連歐爸們的音樂都不能聽了，沒有歐爸們我要怎麼活……」

素苡垂頭喪氣，有娜輕拍她的肩膀安慰著：「如果將來要和Shine歐爸結婚的話，勸你現在還是忍耐一下。」

「啊！光想就好緊張。沒錯，為了迎接那天到來，還是得先苦後樂。」

素苡握緊了拳頭。從那天起，素苡逐一去除會妨礙她專注的因素。她將耳機和手機收起來，讀書學習效果不佳時，便會躲進自己的房間，盡可能提升專注力，有時這樣做還能在不知不覺間溫習功課超過一小時。可能是知道自己可以想看多久就看多久的關係，像這樣讀完書後再觀賞Bigstar的影片，感覺比以前更有趣。

素苡的一日行程變得比過去更有條理，她一想到自己每天都做了有意義的事情，沒有虛度光陰，心情也變好許多。過去整天觀賞Bigstar影片或聽他們的音樂時，素苡雖然也很開心，但夜幕低垂之際，她心中還是會為自己沒有好好學習而感到內疚，產生某種難以言喻的空虛感。即便她帶著這樣的心情上床睡覺，隔天一早還是會忍不住找Bigstar的影片來看，追蹤官方社群平臺上的最新資訊。她的大腦明知不能再繼續這樣下去，身體卻不受控制。

不過，自從素苡按照計畫執行以後，頭腦和身體分別行動的情形就不再出現了。身體一直在實踐頭腦所想的事情，扎扎實實的完成預習和複習後，也不會有不想開學的念頭，甚至不免期待，要是繼續像這樣預習、複習到放假結束會累積多少學習知識。素苡相信，就算開學後被老師點名上臺報告，自己也能充滿自信的完成發表。

素苡尤其期待自己正在進行中的第一本翻譯書，雖然只是簡短的童話故事，但不論如何，做這件事情的意義在於親自完成了一件事。素苡打算等翻譯完《長髮公主》後，就要畫上插圖，印製成書，封面也要寫上「翻譯：許素苡」。等這樣的自製翻譯書再多累積幾本之後，她想要送給才剛滿五歲的表妹。

「哇！素苡，你的英文真的很好吔！」

善雨看見素苡將英文版的《長髮公主》翻譯成韓文，忍不住誇讚。

「沒什麼啦！其實都是很簡單的英文。」素苡小聲回答。

「不論是多麼簡單的英文，能夠讀完再翻譯出來已經很了不起。」

「謝謝你看到我的用心。」

「英文學習得怎麼樣了？」善雨突然問。善雨擅長數學，英文卻是他的罩門，他羞於念出聲音，常忘記背過的單字。

「學英文也是一種習慣，沒有別的方法，只能每天重複練習。」

「沒有什麼更厲害的方法嗎？」

「嗯……可以試著將你喜歡的事物和英文連結。」

「什麼意思？」

「假設你喜歡畢卡索好了，那麼就可以閱讀與畢卡索有關的英文書。」

「喔！」這番回答令善雨耳目一新。

「我也是因為聽Bigstar歐爸們推薦的英文流行歌曲，才想把英文學好，所以學習效果很好。」

「哇！這真是個不錯的方法。」善雨朝素苡豎起大拇指。

「You're welcome.（不客氣。）」

善雨看著專注翻譯書籍的素苡，想起了恩恭老師先前說過「每個人都有自己擅長的一件事」，確實如此，而何時、如何找出自己擅長的那件事則更為重要。就連善雨也萬萬沒想到，原本腦子裡成天只想著Bigstar的素苡竟會有如此大的轉變，也許連她自己都沒料到。

尋找燦敘的「自我」

團體學習聚集地——大廳廊臺已慢慢變成自習室，不再有人喧嘩吵鬧，也不再有人盯著遠山發呆、打瞌睡、躺地板，更沒有人會大聲跟唱最新流行歌曲，整個空間只聽得見鉛筆沙沙聲響，以及孩子們的平靜呼吸聲。孩子們照顧著彼此，同時也遵守著自己的日程計畫，不再像一開始那樣因為對方而哭泣、吵架。當然，燦敘的玩笑話使女孩們放聲怒吼的情形依然存在，像是燦敘說自己像Bigstar某位成員的時候。

燦敘每次只要看到認真讀書學習的同學們，就會忍不住開起玩笑，無一例外。他非常好奇，同學們是否真的有好好遵守自己制定的計畫；當然，燦敘還算遵守得不錯，畢竟恩恭老師花非常多心思在仔細審視燦敘的每日讀書計畫，所以他每天都有好好落實，不過，燦敘仍然不像其他同學一樣帶著美好心情度過每一天。自上次的廁所事件後，雖然收到恩恭老師交代的特殊指示——尋找讀書學習的理由，他卻遲遲未能找到。

「老師，好像只有我一直落後大家，其他同學看起來都很開心……」

某天，燦敘在面談時說出了自己的心底話。

「拿自己與他人做比較，是比未能遵守計畫還要不好的行為喔！」

「我知道，但我看到的現實就是如此。」

恩恭老師原本在閱讀燦敘寫的學習日記，聽他這麼一說，不禁抬頭看向燦敘，發現他的眼眸深處隱藏著不為人知的煩惱。

「你猜猜看，老師我是幾歲才成為農夫的？」

恩恭老師突然拋出問題。

「嗯……三十八歲？」

「四十一歲。」

「哇！是老爺爺的年紀了。」

「你這小子！四十一歲怎麼會是老爺爺？」

恩恭老師咯咯笑著。

「雖然我也很晚才找到自己的路，但我從不認為晚，反而覺得比較晚找到，更能感受到得來不易的幸福感。」

燦敘長嘆一口氣。

「學習的理由也不一定是要為了某種職業。」

「不然呢？」

「也可以是為了讓自己活得更自由、想要一輩子與樹為伍，或者到處遊山玩水，諸如此類。」

「這好困難。」

「結論是不一定現在就要立刻找到，慢慢找也沒關係，只是假如你都不去思考，就會永遠找不到讀書的理由。」

「那我現在應該要做什麼？」

「像個小學五年級的學生一樣認真過日子就好啦！然後把那些會妨礙你找尋夢想的因素一點一點剔除……」

「的確，要是盯著手機看就沒有辦法想事情。」

「你只會想著：『哇！太棒了。哇！好有趣。哇！太開心了。吔！又破了一關！』」

「哈哈哈！那種想法確實每分每秒都會浮現，卻沒辦法幫我找到學習的理由。」

恩恭老師感到欣慰的拍了拍燦敘。燦敘決定將縮短使用手機的時間設為最終目標，光是達成這一點，這次參加營隊就已算是大大成功。

「十一點有誰要和我一起去運動？」

某天，燦敘對正在休息的同學們大聲詢問，大家的視線統統轉向燦敘。

「我不是每次只要想看手機就會去運動嗎？可是自己運動好無聊，感覺時間也過得特別慢，有人願意陪我嗎？」

「我！」出乎意外的，有娜先舉起了手。

「朴有娜？真的嗎？你十一點本來要做什麼？」

「睡午覺。」

「你竟然願意放棄睡覺？」

「不要就算了。」

「不不不，好好好。」燦敘急忙回答。不論是有娜還是村子裡的流浪貓都好，他現在就是需要有人陪。

「啊？有娜已經成功減少睡眠時間了嗎？」正在院子裡掃地的恩恭老師

驚訝的詢問有娜。

「對，現在只要午睡一小時就足夠了。」

「那你沒睡覺的時間都在做什麼？」善雨睜大眼睛問。

「和小鹿玩。」

「小鹿是誰？」

「我負責餵食的流浪貓。」

「你們已經熟到可以一起玩啦？」恩恭老

師驚訝的問。

「我記得那個小傢伙不太親人。」

「可是牠從第二天開始就翻肚給我看吔！」

「哇！有娜你實在太厲害了。」恩恭老師發自內心讚嘆。

「我們重回正題，有誰十一點要陪我運動？」

這次換善雨也舉起了手。

「那是我的畫畫時間，但為了兄弟，我願意犧牲。」

「果然是重情重義的好兄弟！」燦敘朝善雨比出手指愛心。

「他們是吃錯藥了嗎？什麼時候開始稱兄道弟了？」

素苡看著燦敘比出的手指愛心，噁心到頭皮發麻。

「我們本來就很要好，還是你也想得到我的手指愛心？來，給你！」

燦敘對素苡眨了個眼，送上手指愛心。女孩們皺起臉，滿臉嫌惡的大聲怒吼：「啊！我的眼睛要爛掉了，你為什麼要這樣啦！」

素苡遮住眼睛，發自內心展現厭惡。男孩們似乎覺得有趣，拍手大笑。

「孩子們，還是我們今天來場躲避球大賽？」恩恭老師眼神發亮的問。

「只要素苡調整一下時間應該就行。素苡，你本來十一點要做什麼？」

「溫習數學。其實要是剛才金燦敘沒有對我發射手指愛心，我本來也打算一起去運動的，但我現在改變主意了。」

「啊！許素苡，抱歉抱歉，取消取消，我再也不會對你發射愛心了！你也一起去啦！好嗎？拜託。」

燦敘向素苡苦苦哀求。素苡瞇起眼睛思考了一會兒，露出這次就放你一馬的表情，勉為其難的答應了。

「反正也可以利用欣賞歐爸的時間來溫習數學，不過只限今天喔！」

「天啊！許素苡竟然放棄Bigstar，選擇躲避球！明天太陽該不會從東邊升起吧？」燦敘睜大眼睛激動的大喊。

「笨蛋！太陽本來就是從東邊升起啦！」同學們異口同聲喊道。包括恩恭老師在內，所有人捧腹大笑。

「今天就連同老師和師母一起，共六人分兩組進行躲避球大賽嘍！」

「哇——呀呼！」

孩子們互相擊掌，雀躍不已。

其實燦敘每天都是獨自一人沉浸在手機裡，以為自己很自由，然而隨著加入山谷學堂，和其他同學們朝夕相處、學習以後才發現，原來和別人一起也是滿有趣的事情。小時候的他交友廣闊，每天都會和朋友們在操場上追逐玩耍，後來才逐漸受困在網路世界裡，以為只有虛擬世界最有趣。直到來到這間山谷學堂，他才想起自己曾經也是喜歡和朋友們一起玩耍的人，這令他更加快樂。由此可見，燦敘的未來很可能會往團體合作或和別人共同做某件事情的方向發展，雖然他還想不到那麼遙遠的事情，但至少發現比起當個獨行俠，他更喜歡與人相處，光這點就已經是很大的收穫。

「孩子們，老師的身體面積比較大，被球打到的機率比較高，拜託出手別太猛，手下留情啊！」

恩恭老師苦著臉央求，燦敘當場放聲大笑。其他人也激動的反對：「老師，這樣就不公平了啊！比賽要講求公平！」

燦敘聽著這種令人心情愉悅的高喊聲，暗自心想：「是啊！我是喜歡和別人一起玩的孩子。」

05

我現在也有一定要實現的夢想了！

找到內在力量的孩子們

在山谷學堂的生活一轉眼也過了八天，孩子們在落實自己設定的計畫上出乎意外的表現優異，最重要的是，設定的目標幾乎都有達成。善雨雖然乍看之下讀書時間比以往少，但是學習實力幾乎回到之前的水準，整個人更是變得開朗許多。他原以為自己內向又沉默寡言，來到這裡才發現自己並不是這樣的人，這點要歸功於燦敘，因為隨著和自己性格截然相反的朋友越走越近，他也慢慢發現偶爾調皮一點、開開玩笑也無傷大雅。

他看著恩恭老師也有這樣的想法，明明是讀那麼多書、聰明絕頂的人，某些地方卻看起來略顯不足，不是很精明。比方說，容易遺忘東西，或是把東西放在莫名其妙的地方，經常被師母責罵。而且，恩恭老師只要和孩子們聚在一起就會變得十分調皮，像是將男孩們抱起來轉圈，或是在女孩們要走進廚房時，故作紳士的為她們開門、鄭重低頭迎接，把女孩們逗得笑呵呵。

「喔！原來女孩子吃這套，喜歡這種噁心肉麻的舉動。」燦敘在善雨的耳邊碎念。

「這也要看是誰，換作是你這樣做，她們會喜歡嗎？」

「你這傢伙，坦白說我還是比老師帥吧！」

「哇哈哈！」

多虧恩恭老師和燦敘，善雨原本僵硬的內心變得柔和許多，和女孩們聊天也不再感到尷尬，這是在學校或補習班絕對不可能有的改變。他還按照目標完成了一本簡單的漫畫，雖然繪製漫畫和描繪人臉、大自然不同，但他畫得還挺有趣。漫畫內容是在講述四名擁有不同技能的英雄，與侵略地球的巨大怪物展開對決，當他把自製的漫畫書拿給恩恭老師看時，老師不禁瞇起眼

睛，狐疑的看著他，問道：「為何這隻巨大怪物長得有點像我？」

善雨心頭一驚，立刻否認。

「可是我怎麼看都覺得很像我吔……」

善雨堅稱自己畫的絕對不是老師，仍然難滅老師的懷疑。

「雖然感覺有點怪，但漫畫本身很有趣，尤其這唱歌五音不全的英雄，感覺也頗像某人。」

「老師，拜託您就假裝看不出來嘛！」善語低聲提醒。

「我猜她本人一定會一眼就看出來。」

兩人同時哈哈大笑。最後的確如恩恭老師所言，素苡一看到漫畫就馬上察覺到那個角色畫的正是自己。

「張善雨！我沒想到你是這種人！看來你根本不懂藝術，竟然聽不出那是天籟之音，說什麼穿破耳膜的噪音？算了，至少這位英雄的臉蛋畫得還算可以，用噪音穿破怪物耳膜打敗它的設定也還不賴。」

「哇！許素苡，你真的很好笑，誰說這名英雄是你啊？你是看到哪一點這麼確信就是你？有問過張善雨嗎？」燦敘自然不會放過找碴的好機會。

「我看她長這麼漂亮，一看就是我。」

「我的天，還真的是穿破耳膜的發言。」

兩人又開始你追我跑，爭吵鬥嘴。善雨什麼話也沒說，他知道自己不論說什麼，聽起來都像在揶揄。

於是，善雨的第一本漫畫得到山谷學堂所有人的讚賞，這對於善雨來說無疑是個大禮，他也知道，這對媽媽來說絕對不是禮物而是炸彈。媽媽可能不喜歡他畫畫，因為她平時只會不停叨念讀書、讀書、醫生、醫生。不過面對媽媽的嘮叨，善雨還是能笑而帶過，更何況他並沒有打算從此以後就怠慢學習，相信媽媽也拿他沒轍，這對彼此來說都是樂見其成的結局。媽媽會看見兒子回到以前，不，可能是比以前更好的樣子。

有娜亦是。原本缺乏自信，每次只要外出就會畏畏縮縮、不敢與人四目相交，如今變得能與同學們交談自如。有娜原本還在日記本裡寫：「比起與人打交道，還是比較喜歡和動物相處。」現在她早就忘記自己曾經有過這樣的念頭，這個轉變可能會讓父母嚇到跌坐在地也不一定。

有娜從人際關係中獲得的自信心也體現在讀書學習上，她的數學習題本明顯可見不再「下雨」，而是「下雪」，因為批改後答對的圈圈比答錯劃掉的斜線多，雖然是複習四年級的數學內容，但她就讀四年級時也從未考得這麼好。因此，她幾乎不用寫錯題筆記，時間上也變得寬裕許多，甚至連睡眠時間都減少了，下午可以盡情做自己想做的事。有娜會利用多餘時間閱讀，通常都是關於動物、自然、獸醫師等類型的書籍。在家裡時，媽媽要她多看書，說破嘴她都不願意，來到山谷學堂後反而默默讀完五本，有時甚至連午覺都沒睡，利用那段時間和貓咪小鹿玩耍，藉此觀察貓咪的特殊習性，並將其整理成筆記，或是上網搜尋相關資料。她也向善雨討教描繪貓咪的方法，當然，畫出來的究竟是貓咪還是怪物就不好說了。

素苡的一天也過得非常忙碌。在家裡時，素苡會覺得一天好漫長，因為沒做什麼事，時間自然走得慢；但在山谷學堂，時間以一小時為單位，所以感覺過得特別快。不過也因為是以這種分段方式在利用時間，她學會利用零碎時間來複習英文單字或數學公式，諸如早起做完運動後、吃完點心後，甚至坐在廁所裡的時間等等。她會趁著回房間時把背好的單字或公式寫在筆記本上，等累積十個以後再重新複習一遍，將內容確實烙印在腦海裡。素苡沒有把這些零碎時間做的事情寫進計畫表裡，她覺得要是連這些小事都變成計畫的一部分，會讓自己很有壓力，她希望可以像時間到就洗臉刷牙那般，變成一種自然而然的習慣。

儘管素苡在學習上有了這些改變，始終不變的仍是對Bigstar的熱愛，由於追星時間大幅減少，她會在有限的時間內以一顆更炙熱的心全神貫注在心愛的歐爸身上，不僅放聲高歌，有時還會大聲呼喊粉絲後援會的口號。孩子們只要發現時間來到下午一點——素苡的休息時間，就會自動把位子挪去後面的別屋，或者戴上耳機。

素苡的休息時間正好是其他三名同學讀書的時間，老師不得已，只好祭出特殊手段，因為韓屋在結構上完全沒有隔音，實在別無他法。

「素苡，你下午一點到兩點這段時間和老師一起下田吧！」

「為什麼？」

面對恩恭老師突如其來的提議，素苡歪頭不解的詢問原因。

「老師收到抱怨，隔壁鄰居嫌我們太吵，說要搬走。你也知道，租屋都是有簽約的，到期前無法說搬就搬，我認為還是要由引發噪音的我們來想辦法解決問題才對。」

「您是要趕我走嗎？」素苡哭喪著臉說。

「你就趁我在做農活的時候，在一旁唱點勞動歌吧！」

「勞動歌？」

「就是我工作，你在一旁盡情唱歌，反正老師也喜歡Bigstar的歌曲，他們的歌我幾乎都聽過，我們一起

唱，如何？這樣工作起來也比較不覺得累。」

「老師，這真是個好主意！」素苡拍手叫好。

隔天起，韓屋終於找回寧靜，孩子們不必再將位子移去後面的別屋，也不用再戴上耳機。不過，大家仍能依稀聽見唱歌的聲音，還是男女合唱。

「是老師的聲音，對吧？」善雨仔細聆聽，詢問其他同學。

「幸好農田離這裡很遠。」燦敘嘆了一口氣回答。

老師和素苡唱到忘我，彷彿是這世界上最快樂的兩個人，絲毫不在乎善雨、燦敘、有娜喜不喜歡這對全新組合。

「喔喔喔——我like你，為了尋找你的愛而唱，喔喔喔——喔喔喔——我love你，為了尋找你的心而唱，喔喔喔——」

離開山谷學堂的前一天

時間來到十日計畫的最後一天，一開始孩子們還擔心到底什麼時候才能回家，沒想到時光飛逝，山谷學堂營隊生活已近尾聲。早晨天一亮，孩子們的心情有些微妙，這天本該像昨天一樣度過，才能夠完美達成十日計畫，但是不知為何，心卻一直靜不下來。孩子們一大清早就起床並肩坐在廊臺上，不發一語的放空發呆。

「我媽每天都說，她對我爸實在又愛又恨，我現在就是這樣的心情。」有娜先起了個頭。

「真的好捨不得，我們明明才剛認識不久。」善雨語帶無奈的說。

「我其實滿高興終於要回家了，我想念我的床，也想回去看貼在床頭上的歐爸海報，可是……」

素苡話才說到這裡，燦敘便瞅了她一眼。

「你這冷血無情的女人。」

「不是啦！你還沒聽我把話說完，可是只要一想到必須離開這裡，我就會感到十分惋惜。」

「沒錯，我現在的心情就是如此。」有娜也點頭附和。

四人同時嘆了一口氣。

「你們回去會跟我聯絡嗎？」

燦敘突然問其他三人。面對燦敘的提問，大家像是套好招似的同時保持沉默，搞得燦敘心灰意冷的大聲怒吼：「喂！」

這下孩子們才終於忍不住放聲大笑。

「會啦！當然要打電話去確認你有沒有澈底擺脫手機成癮啊！」善雨笑

著撞了一下燦敘的手臂。

「你們呢？」燦敘對著女孩們再次詢問。

「嗯……只要你不繼續說那些無聊的冷笑話，我願意考慮看看。」素苡冷酷無情的回答。

「沒錯，還有戒掉老是口無遮攔說出心底話的壞習慣。」有娜也一臉挑剔的說著。

「喂！那可是我的特色，你們為什麼就不接納最真實的我呢？」

「我們知道你在開玩笑，但你要是對初次見面的人這樣說話，真的很容易被搧耳光喔！畢竟也不是每個人都像我們一樣人品這麼好……」

燦敘直接打斷素苡的發言，轉移話題。

「話說回來，恩恭老師真的是一位很好的老師，對吧？」

孩子們大聲回答：「對啊！」隨即四人又同時發出嘆息聲。

「我們離開這裡以後，就再也見不到老師了嗎？」

聽到燦敘的提問，孩子們頓時臉色一沉。

「怎麼可能！我會在升上國中、高中、大學的時候都回來找老師。」有娜說得斬釘截鐵，彷彿已經下定決心。

「我也是！我連結婚的時候都要請老師來當證婚人。」

素苡闔上眼睛，陷入幸福的幻想當中。燦敘看著素苡的舉動，彷彿雞皮疙瘩掉滿地似的渾身一顫。

「噁！好肉麻，這人有事嗎？」

「我們要是再繼續坐在這裡聊天，最後一天的計畫都要泡湯了，趕快去做自己該做的事情吧！」

善雨突然起身向同學們說，燦敘、素苡、有娜也跟著起身。

「『十全十美』這成語聽過嗎？最後一天更不能讓老師失望！」

在善雨的鼓勵下，大家開始按照各自的計畫行動。雖然內心充滿不捨，但該做的事確實還是得完成。

在山谷學堂的最後一天，由孩子們的嘆息聲揭開序幕。大家盡力穩住躁動不安的心，溫習功課、畫畫、運動、閱讀，如今已經不再有人抱怨或發牢騷，像是已經將計畫表內化成習慣，自動自發做著各自的事情。

恩恭老師沒有因為是營隊的最後一天而發表一些感言，反正這些日子能見到恩恭老師的機會也不多，有時是突然出現，丟一句話就消失；更多時候是看一下孩子們讀書的模樣，再神不知鬼不覺的離開。大家能夠看著恩恭老師的臉與他聊天的時間，只有每晚九點的面談時光。

這天，恩恭老師照樣整日忙著農活，而孩子們已經習慣每天的行程，也不太需要老師的幫助。恩恭老師一如既往的按照自行設定的菜單用餐，點心時間也一邊嚼著地瓜，一邊笑咪咪的看著大家。有別於四人對恩恭老師和平日沒什麼差別而難掩失落，他看起來沒有任何情緒變化。

吃完點心以後剛好還有一點時間，孩子們坐在大廳廊臺上，抱怨起恩恭老師的態度。

「老師怎麼能這樣？」素苡率先說出內心不滿。

「就是說啊！難道對於要和我們離別沒有任何感覺？還笑呵呵的！」有娜也難掩失落的附和。

「真沒想到老師是這麼無情的人！」燦敍也深有同感。

「怎麼可能毫無感覺，我猜老師只是把心情藏得很好而已。」善雨安慰其他同學。

「才不是呢！老師看地瓜比看我們的次數還要多。」素苡反駁。

「真的好難過，我本來還滿喜歡恩恭老師的……」有娜噘嘴說著。

「這是因為老師很忙，昨天他不是說這幾天農活很多嗎？」善雨再度幫恩恭老師緩頰。

「喂！張善雨，你是法官喔？為什麼老是袒護老師！」

「不是法官，是律師才對。」

聽聞善雨的糾正，大家紛紛捧腹大笑。

「你到底什麼時候才能從無知的深淵裡逃脫出來，嗯？」善雨用手搭著燦敘的肩膀說。

「不是因為無知，是、是因為忘記語詞的關係啦！」

燦敘結結巴巴的替自己辯解。善雨點頭，一副「好啦！好啦！就當作是這樣」的態度。

「既然老師都沒什麼表示了，我們還需要感到不捨或難過嗎？不如從現在起，我們也對老師不理不睬好了。」燦敘賭氣說道。

「好，就這麼做。」

「沒錯，沒錯。」素苡和有娜也說著口是心非的話。

傍晚時間的氣氛變得更加尷尬，就連師母也察覺有異，忍不住問：「大家今天都怎麼了？氣氛怎麼怪怪的？」

「哪裡奇怪了？我反而覺得今天的飯特別好吃，還在細細品嘗呢！糙米飯真的是越嚼越香，你們說是不是啊？」

恩恭老師悠哉的問孩子們，卻沒有人應答，恩恭老師也一副無所謂的樣子，甚至闔起眼睛，自顧自的專心咀嚼。孩子們看著這樣的恩恭老師，紛紛噘起嘴來。度過了尷尬的晚餐時間，大家一一完成當天的最後行程。時間來到九點，恩恭老師在房間裡大聲吆喝，把孩子們統統叫了進去。

「大家！每個人把自己的學習日記和評量表帶來我這裡！」

所有人嚇了一跳，一直以來都是一對一面談，怎麼會突然要大家一起集體面談？孩子們困惑不已，紛紛從房門縫隙間伸出頭來張望。

「老師是叫我們所有人一起進去嗎？」

燦敘忍不住再次確認，其他人點點頭。抱著日記本和評量表，大家接二連三從房間內走了出來，由善雨打頭陣，率先打開了老師的房門，其他孩子則是緊跟在後，一個個陸續走進去。

坐在書桌前的恩恭老師抬頭凝視大家，伸手示意大家坐下，他們也依言坐成一列。恩恭老師沉默了一陣，用手勢要孩子們交出日記本和評量表。大家雖然覺得不發一語的恩恭老師十分怪異，仍然依照指令將各自的作業放到了書桌上。老師茫然的盯著那疊作業好一會兒，隨後一張張翻閱。然而，他不像之前那樣提問或檢討，就只是默默一邊點頭，一邊閱讀。

十五分鐘左右過後，恩恭老師看完所有人的學習日記和評量表，總算抬起頭來。令人驚訝的是，恩恭老師的眼眶早已泛著淚水。

「老師，您怎麼哭了？」素苡驚訝的詢問。

「你們的學習日記……嗚嗚……已經好到……無可挑剔……這都是你們自己辦到的……嗚嗚嗚……」

老師閉上眼睛，邊哭邊抖動著肩膀，還發出奇怪的哭聲，於是女孩們跟著老師熱淚盈眶，而這些哭聲也惹得男孩們終於忍不住放聲大哭。

「嗚啊——老師，您別哭，為什麼要哭啦……嗚嗚嗚……」

燦敘一邊啜泣，一邊哽咽，好不容易才說出這句話。頓時房間內充斥著哭聲，幾乎是抱頭痛哭的程度。這時，房門突然被拉開，師母走了進來。

「又開始了，這人又開始了。」

師母用手帕幫恩恭老師擦拭臉龐，恩恭老師像小朋友一樣，將整張臉交給師母照料，自顧自的嚎啕大哭，像極了被人奪走糖果的孩子。

「我就知道會這樣，你怎麼每次只要孩子們準備離開，就會哭成這副德性？這樣讓他們心裡多難受啊！」

師母像是在對兒子訓話般，對著恩恭老師大聲說。

「眼淚就是會自動流出來，我能怎麼辦？」

恩恭老師好不容易止住眼淚，邊啜泣邊回答。

「別哭了，再哭我就讓你無法再搞這些學堂什麼的！」

師母話一說完，孩子們立刻同時喊：「不行！」

師母嚇了一跳，看向大家。孩子們雖然個個哭得一把鼻涕一把眼淚，卻都帶著堅定的表情。

「這可不行，師母，以後我還要把我的小孩送來這裡呢！」哭到雙眼紅腫的素苡說。

「你這孩子，等你的小孩大到可以送來這裡的時候，老師都已經是七十歲的老爺爺了！」

「我不管，總之就是不行！」素苡大聲喊道。

「唉！知道了，知道了，我也只是說說而已，你們老師要是沒有這間學堂，應該也會活得沒什麼意思，都別哭了。」師母一臉為難的說著。

伴隨著師母的嘆息聲，恩恭老師流著淚，語帶鼻音的說：「大家……」

孩子們用哭紅的眼睛看向恩恭老師。

「回到家以後，也要記住在這裡學到的、思考過的東西，以及你們自己從內心深處找到的一切……」

恩恭老師的嗓音再次顫抖。

「不，不行。老公，你不能再哭了，血壓會飆高。」

儘管師母不斷苦勸也沒有用，恩恭老師的眼眶裡早已積滿淚水。

「還有就是……不能忘記我喔……嗚嗚嗚……」

隨著恩恭老師的眼淚開關再度打開，孩子們的眼淚也瞬間湧現，再一次跟著嚎啕大哭起來，邊喊著「老師」邊走向他，師生們一起抱頭痛哭。

「孩子們，絕對不可以忘記我喔！」

「老師，您也是絕對不能忘記我們喔！」

恩恭老師和孩子們的離別堪比令人為之動容的經典畫面，個個都哭成了淚人兒，唯獨師母一人用著不可思議的表情看著他們。

「根本是在拍電影，真叫人受不了。」

自知無法勸阻這群人，師母只好搖搖頭，走出房間。恩恭老師和孩子們的最後一晚，最終以淚水和鼻水畫下了句點。

再見，山谷學堂

孩子們哭完一輪之後，帶著略為尷尬的心情回到了各自的房間，雖然心中隱隱覺得有必要哭成這樣嗎？但也不可否認，哭完後內心反而有一種暢快的感覺。孩子們把這段期間在山谷學堂裡學習、閱讀、書寫的東西視如珍寶的打包好，準備統統帶走。

翌日，孩子們照樣在早晨八點醒來，心想回到家後是否也能延續這裡的規律生活？不過他們並不擔心，計畫只要重新再擬定，設定成自己能夠遵守的計畫就行。直到孩子們成為理想中的自己之前，計畫一定會經過無數次的修改與重擬。如今，孩子們已經產生了自信，不論未來發生任何事，都不會感到不安或擔心。

孩子們一聽見恩恭老師敲打的鐘聲，便將棉被鋪好，把各自的房間打掃乾淨。所有家長將在十點抵達，他們還來得及吃師母準備的最後一頓早餐。一開始來到這裡時，菠菜、蕨菜、野葵湯、清麴醬*等食物根本不合孩子們的胃口，因為在家總是吃午餐肉、香腸、泡麵等食物，披薩或漢堡也是一週至少吃三到四次，但自從來到這裡，一週頂多只吃一次泡麵，披薩和漢堡更是從未碰過。而且養成早起的規律生活以後，孩子們一致認為不論任何菜色吃起來都很美味，甚至可以理解恩恭老師為什麼能把生地瓜和胡蘿蔔吃得津津有味。

孩子們將早餐吃個精光，紛紛往院子走去。咦？這是怎麼一回事！院子裡早已擠滿正在閒聊的家長，有特地一起前來的父母，也有人單獨來訪。孩

* 清麴醬：是一種將大豆發酵後製成的韓國傳統調味料。

子們見狀不禁放聲尖叫，朝各自的爸媽飛奔。

「哎呀！我們素苡長胖了，真是好看。」

「媽，你一見面就要說這種不好聽的話嗎？」

「怎麼會，爸也覺得現在這樣好看多了！看來吃了

很多好料、吃飽睡好，所以長胖嘍！在家整天只吃辣炒年糕、巧克力、軟糖、餅乾……」

「爸！我現在已經不是從前那個許素苡了，巧克力是什麼？餅乾又為何物？」

「哈哈哈，就看你能撐多久！」

素苡的爸爸放聲大笑，雖然他不相信素苡說的話，卻非常樂見素苡的開朗模樣。這時，恩恭老師在院子裡擺放座椅。

「各位家長請就坐，孩子們說要發表一段簡短的心得感想。」

家長們按照恩恭老師的指示一一就坐，孩子們開始交頭接耳。

「什麼心得感想？我們什麼時候說要發表心得感想了？」素苡對有娜竊竊私語。

「從來沒說過這種話，但這點小事也難不倒我們。」有娜低聲回答。

「也是，沒什麼大不了的。」

素苡和有娜相視而笑。

「孩子們統統來前面站好。」恩恭老師興奮的說。

「每個人向父母簡單報告一下在山谷學堂的生活吧！誰要先開始？」

「我！」

素苡奮力舉手，家長間頓時傳出「哇」的讚嘆聲，令素苡的爸爸驕傲不已，他從未見過像這樣主動舉手說要先報告的女兒。

「首先，我要向把我送來山谷學堂的爸媽致上萬分謝意。」

素苡鞠躬行禮，家長們紛紛拍手鼓掌。

「其實一開始我真的非常討厭這裡，甚至懷疑過老師會不會是綁匪。各位別笑，因為第一眼見到老師時，我真的很害怕，但事實證明，恩恭老師是我至今遇過最棒的老師，我絕對不會忘記您。恩恭老師讓我知道，原來我的內在有著可以改變自己的力量，老師還和我一起合唱Bigstar的歌曲，認可最真實的我，真的非常感謝。老師！等我長大結婚時，請一定要來當我的證婚人喔！」

這番話逗得在場所有家長們哄堂大笑。下一位輪到有娜。

「身為瞌睡蟲的我，竟然會早起和大家一起行動，在我看來這件事情本身就是個奇蹟。」

聽見有娜說到這裡，她的爸爸忍不住大笑。

「我原本以為自己總是一事無成，不擅長任何事，也不會讀書，連交朋友的自信都沒有。來到這裡以後，我不僅結識了這群好朋友，還發現原來我真的要做也能做得到，完全可以有所改變，改善嗜睡的症狀。所以我想要對讓我重拾自信的恩恭老師說聲：『非常感謝。』」

有娜看著恩恭老師，帶著滿滿心意鄭重向他道謝。聽著她真誠的發言，所有家長都深受感動。

「我原本是一個沒有手機就覺得天要塌下來的孩子。」

燦敘的父母面帶微笑，猛力點頭。

「只要沒有手機，我就會焦躁不安，不過後來發現是我誤會了，就算沒有手機，天也不會塌下來。」

「哇！燦敘好棒！」

燦敘的爸爸似乎非常高興，他豎起大拇指，不停向燦敘表示鼓勵。

「其實我到現在還不太清楚自己喜歡什麼、想要成為什麼樣的人，但是我來這裡學到了尋找這些答案的勇氣，這都要多虧恩恭老師和這幾位朋友。謝謝大家，還有老師，謝謝您。」

燦敘朝恩恭老師和同學們比出手指愛心，這次，有娜和素苡沒有再表現出雞皮疙瘩掉滿地的反應。

「哇！輪到我們家善雨了。善雨，我的兒子，加油！」

面對善雨媽媽展現的熱情應援，現場所有家長都笑了出來。

「這位就是我媽，她總是如此，我能怎麼辦呢？也只好接受嘍！」

善雨的媽媽聽聞兒子說出這番話，拚命尖叫拍手叫好，其他家長也忍不住笑得更大聲。

「我的兒子就是這麼幽默風趣，哎唷！真不知道是誰生的。」所幸坐在善雨媽媽旁邊的素苡媽媽很配合的跟著笑，不然現場氣氛真的差點瞬間冷場。

「我是來這裡後才學習到，原來不一定非要讀書不可。」

「啊？兒子，你在說什麼？當然要讀書啊！怎麼會說這種話？」善雨的媽媽不敢相信自己的耳朵，連忙插話，善雨卻裝作沒聽見，繼續發表感言。

「我學到不一定要在讀書這件事情上成為第一。」

「他這話是什麼意思？」善雨的媽媽表現出一副完全聽不懂的樣子。

「我很感謝恩恭老師告訴我，要先找到讀書學習的理由，過去從未有人對我說過這句話。世界上有著形形色色的人，我們應該學會尊重並且接納與自己不同的人，這也是我看著這些朋友所學到的事情，謝謝你們。回家後，我可能不再是以前那個張善雨了，但是這些變化絕對能讓我成為更好的張善雨，所以，媽，請你體諒我，也別再對我嘮叨了喔！」

善雨鞠躬行禮，家長們則獻上熱烈的歡呼與掌聲。

「哇！您的兒子真的好優秀，口條怎麼能這麼好。」

燦敘媽媽發自內心的稱讚，然而善雨媽媽始終沒聽明白兒子剛才那段話究竟是什麼意思。

「對，我們家兒子的確挺好的……」

這時，恩恭老師走到家長們面前。

「感謝各位家長的支持與信任，放心將寶貝孩子交給我。他們的內在都有著改變自己的力量，這絕對不是在謙虛，我真的什麼也沒做，都是他們自己完成的。啊！我只有做一件事：挑戰瘦身減肥。」

「哇！老師，您有成功瘦下來嗎？」

「對吔！竟然忘了確認這件事，老師，您有成功嗎？」

「一定要誠實喔！」

「老師，到底成功還是失敗？」

孩子們你一言我一語，爭先恐後的詢問。恩恭老師露出一抹微笑，比出了勝利的V手勢。孩子們發出「哇」的讚嘆，奮力鼓掌；家長們也一同為老師獻上掌聲。

「多虧這些孩子，我終於瘦身成功，甚至超過原先設定的目標減去四公斤，哈哈哈！雖然每天都在啃生地瓜和胡蘿蔔，但是看著孩子們一步步朝自己設定的目標前進，我也深受鼓舞，認真遵守計畫，就這樣成功了。」

「恭喜老師！」

家長們紛紛向老師道賀。

「我知道，有些家長可能會擔心，孩子在這邊表現得很好，回家以後會不會又變回以前的樣子？請各位一定要相信自己的小孩，親身體會過自己擁有多大力量的孩子，是絕對不會失敗的，請大家一起喊：『各位相信自己的小孩嗎？』」

「相信！」

家長們異口同聲大喊，孩子們看著父母露出了開朗笑容。

「接下來就真的要和各位說再見了。在這之前，我特別為孩子們準備了一份禮物。」

恩恭老師拿出了四本漂亮精緻的筆記本。

「這是從和你們第一天見面到最後一天的紀錄，回去閱讀這本筆記，便能知道自己在這裡度過了什麼樣的時光，以及了解自己是怎樣的人，我可是帶著為你們的將來加油打氣的心情所寫的喔！」

恩恭老師將筆記本輪流發給每一位小朋友，孩子們因為收到這份驚喜禮物而紅了眼眶。

「不行，大家千萬別哭！不能再像昨天那樣了，絕對不行。」

燦敘慌忙制止。有娜為了不讓眼淚流下來，連忙抬起頭仰望天空，不停眨眼；燦敘則是刻意發出「啊啊啊」不帶任何意義的聲音；善雨靠著勉強擠出的微笑來強忍淚水；素苡則是邊唱Bigstar的歌曲邊跳舞，藉此轉移自己的注意力。

「喔喔喔——我like你，為了尋找你的愛而唱，喔喔喔——」

家長們不禁被眼前孩子和恩恭老師的模樣深深打動。

「孩子們，離開的時間真的到了，趕快上車吧！」

恩恭老師不停眨著眼睛不讓眼淚流下，像是在趕小雞一樣連忙將孩子們趕出院子，他告訴自己絕對不能在家長們面前像昨天那樣失態。

隨著恩恭老師、師母、孩子和家長統統聚集到大門外，門口像菜市場一樣熙熙攘攘。家長們紛紛向恩恭老師和師母鞠躬道別，四個孩子則捨不得邁開步伐，站在恩恭老師面前躊躇徘徊。

「孩子們，我們之後可以透過視訊聯絡，趕快回去吧！我可不想哭成昨天那樣。」

恩恭老師對著強忍住淚水的孩子們揮了揮手。素苡開口說：「老師，就算我們回去了，您也還是要繼續認真減肥喔！」

「下田的時候記得擦防晒、戴帽子！」有娜也補充叮嚀。

「不要只吃地瓜，偶爾也吃個炸雞解解饞，炸雞是真愛啊！」燦敘拜託老師。

「打電話一定要接喔！」善雨提醒著。

老師為了忍住不哭，無暇開口回答，僅是點了點頭。孩子們不想又哭成一團，個個都把頭壓得低低的，強忍著想要回頭的衝動默默坐上車。恩恭老師用師母遞給他的小手帕摀住嘴巴，朝車子不斷揮手。孩子們紛紛搖下車窗，大聲呼喊，向恩恭老師道謝。

「老師！真的真的很感謝您！請您永遠在山谷學堂當老師！」

孩子們的呼喊聲傳至山腳，再回彈至恩恭老師的耳邊，不停迴盪。

「好，你們也要身體健康，下次一定要再見喔！」

恩恭老師語帶哭泣的嗓音，乘著風，一字一句烙印在孩子們的心中。

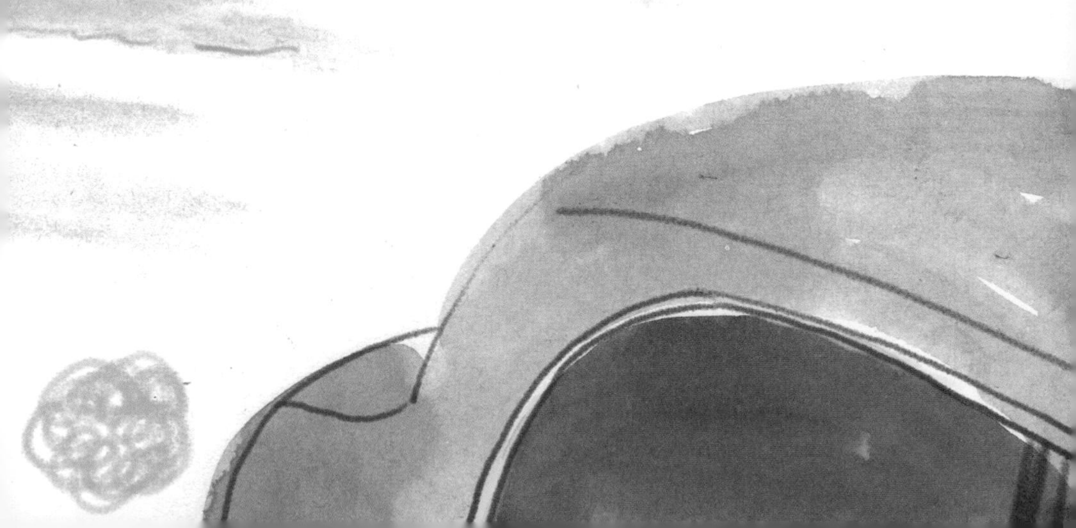

山谷學堂

恩恭老師的Q&A時間

Q1 我為什麼要讀書學習？

你有沒有想過自己為什麼要讀書學習呢？因為爸媽說要讀書嗎？還是因為每天都要去上學，所以不得不學習？我們讀書的理由其實是為了「我」自己，讀書絕對不是為了爸媽、家人、親戚、老師或朋友，而是為了自己的幸福；換句話說，是為了讓自己的人生變得更豐富，為了拓展無限可能而讀書。有點太難懂嗎？我換個簡單的方式來說明。

我們之所以讀書，是為了實現夢想。舉例來說，假如想實現韓國小學生最常填寫的未來志願「運動選手」，就得持續不懈的學習，不能只有運動方面很厲害。像韓國足球選手孫興慜就能完美使用德文和英文，不用透過翻譯人員也能與外國人溝通自如。除此之外，若要熟記各種比賽戰術或策略，就得運用大腦思考記憶，並且充分理解才行。

而韓國小學生最常填寫的未來志願第二名「老師」，同樣也是需要讀很多書的職業。為了成為小學老師，要先進到教育大學就讀，再考取小學教師資格證，還要通過聘任審核才能當老師。那許多學生夢寐以求的職業「YouTuber」呢？如今已是人人都能當網紅的時代，競爭非常激烈，必須透過分析其他的YouTube頻道、學習YouTube演算法，不斷思考並企畫自己究竟要上傳什麼影音內容到平臺上，也要學習拍攝錄影或剪接後製等技術。

由此可見，不論你的將來志願是什麼，為了實現夢想，都需要持續努力學習。學習是對未來的投資，世上沒有一份夢想是不用學習、被動等待就會自動實現的。

當然，夢想可能會隨時間而改變，這世界也瞬息萬變，但如果要適應這樣的社會，就得認真學習。

總而言之，讀書學習不為別人，為的是實現自身夢想、讓自己變得更優秀。

Q2 學校進行的單元評量是否重要？

小學一年級或二年級通常會考國語聽寫，從三年級開始進行數學單元評量，或者依照導師安排，進行國語、社會、科學考試。你的爸媽當年在讀小學時，只有期中考和期末考，所有學生都會為了將這兩次考試考好而認真學習，壓力很大又很累人，後來考量小學學童的身心健康，才刪除了期中考與期末考*，但是某些導師依然會在每個單元教到告一段落時安排小測驗。

因此，大家難免會好奇，這種單元評量究竟重不重要？畢竟又不影響將來上大學，等上國中以後再下定決心認真讀書就好，實在不明白為什麼要從小學就開始進行單元評量，是不是經常聽到諸如此類的抱怨？其實在學校進行的這些單元評量是很重要的，重點不在於考一百分，而是養成事先在家複習、準備考試的習慣。為什麼呢？

學校進行的單元評量不會很難，也幾乎不會出現第一次看到的陌生試題，大部分都是上課學過的東西，頂多是不小心答錯。儘管如此，單元評量依舊十分重要，因為只要拿到不錯的分數，自然會覺得學校生活很有趣，進而產生自信。同學們在學校都會知道誰的功課好、誰的功課不好，那麼，如何判斷功課好壞的標準？正是來自單元評量的成績。

單元評量考得好，就會產生自信，容易理解老師上課的內容，但這不表示每一次都非要考到一百分不可，重要的是複習學過的單元，並且重新梳理一遍的過程。假如完全沒有複習，只考二、三十分的成績就有點說不過去了；畢竟任何人只要在

* 臺灣的小學仍保有期中考與期末考的制度。

家稍微複習一下，分數就不至於考太差，不妨試著先針對單元評量進行複習再面對考試。要是單元評量考得好，不僅會得到師長的稱讚，自己也有好心情，甚至還能奠定良好的學習基礎。這些學習習慣和自信心的積累，都會成為國、高中讀書的基本功。

Q3 我一看到書就會感到有壓力、想睡覺，該怎麼辦？

讀書學習也是一種「習慣」，所謂習慣，就是指「歷經長時間反覆進行，身體早已熟記的個人行為模式」。如果每天都在用智慧型手機玩遊戲、透過YouTube看影片、看電視等，只有父母要求複習功課才攤開書本，自然會感到無聊疲倦，可能還會全身痠痛，突然想去上洗手間或口渴等……這時，請安排短時間的學習，以自己能夠實踐的程度為主，不要把時間拖得太長。一開始不妨先設定二十分鐘試試看，也就是告訴自己，這二十分鐘好好專心讀書，然後坐在書桌前，嘗試全神貫注的複習功課，盡可能不分心。倘若有落實執行，記得稱讚一下自己，千萬不要太貪心，規定自己專心讀書一小時，要以能夠實踐的程度來設定時間，假如實行了一週都順利達成，那麼下週就可以嘗試增加到三十分鐘。讀完書短暫小憩的時間也切記不要使用智慧型手機或看電視，而是改做其他事情來休息，這也是養成讀書習慣的好方法，像是和爸媽或朋友一起共度時光，散步、騎腳踏車等活動，都有益身心健康。養成平時運動的好習慣，不僅有助於排解積累的壓力，也能夠更專注在讀書學習上。

Q4 如果想要讓功課變好，什麼才是最重要的？

不論現在的你功課好與壞，每個人一定都想要有好成績。那麼，為了讓功課變好，最重要的關鍵是什麼呢？是自動自發的讀書，也就是下定決心要自主學習，進而實踐。這答案會太無聊嗎？但這就是事實。

讀書不是爸媽或朋友能夠代替你去做的，要自己主動學習才行。就算是畢業於明星大學的補習班老師或聰明絕頂的父母，都無法代替你去考場應試。讀書學習的人是自己，考試的人也是自己，理所當然也要由自己下定決心讀書，有效運用時間學習才是。

小學生通常還會聽從家長的安排，要你去補習就去，要你寫習題就寫，照做就能得到不錯的成績，但是這樣的方式僅限小學時期。許多學生小學時成績優異、認真聽話，是標準的模範生，上了國中以後成績卻一落千丈，因為過去都是按照家長的指定範圍學習，等上了國、高中之後才是考驗的開始，所以不僅要自主學習，還要不斷思考「為什麼我要讀書、將來我想要過哪種生活」，才會切身體會自己是在為實現自身夢想而讀書，並非為他人，也比較容易自動自發、持之以恆。

Q5 讀書學習也是一種習慣？

沒錯，讀書學習也是一種習慣，要達到這個目標，只須記住三步驟「計畫→實踐→檢討」即可，非常簡單吧？溫習功課前，要先擬定「計畫」。建築師在蓋房子前都要先做什麼事呢？自然是先把房子的設計圖畫出來，讀書也是同樣的道理，在學習前要先設定好今天要溫習什麼功課和進度。舉例來說，若我要安排週六一整天的計畫，早上醒來該做的第一件事就是坐到書桌前，然後在筆記本或便條紙上寫下當日計畫，並貼在書桌上。

八點起床，九點前要盥洗完、吃完早餐，九點到十點閱讀，十點到十一點稍作休息，接著在十二點前背完英文單字，十二點到下午一點吃午餐，下午一點到兩點陪弟弟妹妹玩，下午兩點到三點解數學習題，下午三點到四點休息，像這樣規畫一日行程。

計畫表裡要包含休息、吃飯、去補習等事項，安排好計畫後就要澈底實踐，所以自己制定的計畫表要放在最顯眼的地方。當然，過程中可能偶有沒能遵守計畫的情形發生，這時記得要標示在計畫表上，並簡略寫下未達成的原因。

晚上準備睡覺前，再重新看看白天設定的計畫，審視自己哪些項目有實踐、哪些未達成，你可能會因為下午臨時接到朋友的聯絡而難得暢聊，或者因為和弟弟妹妹吵架而導致計畫未能落實，遵守計畫其實不是一件容易的事，若是每天都能百分之百完全遵守計畫，那就不叫人類，而是機器人了。

就算未能落實，也要記得重點在於養成自行擬定計畫、實踐並檢討的習慣，為了養成這項習慣，會需要花一段時間，假如平日上學因課業繁忙，導致難以規律的遵守計畫，至少要趁週末或放假期間努力養成「計畫↓實踐↓檢討」的習慣。

如果小朋友相信老師說的這番話並持續付諸行動，等到上了國、高中以後一定會成為聰明絕頂、傑出優秀之人，這點老師是可以掛保證的！

Q6 學習日記是什麼？

就是寫下自己一整天溫習了哪些功課、多少進度，睡前可以拿出學習日記本，記錄自己當日學到的內容。換言之，和我們熟悉的日記性質不同，日記是回顧當天印象最深刻的事情，並寫下那些念頭與感受，而學習日記的重點是將自己一整天學到什麼東西記錄下來。

寫學習日記有什麼好處呢？各位在平日讀書時，大多會複習教科書、寫習題或收看網路課程，當你在吸收這些資訊時，會覺得自己都理解內容，但並不表示你已經百分之百理解了，只是在老師說明後的那個當下聽懂而已，要是不能將所學內容重新寫下來，其實不算真正融會貫通。

我相信大部分的同學闔上書本後只寫得出標題，若想不太起來當天所學內容，打開課本翻找也無妨，因為學習日記不是為了寫給誰看，而是為了牢記自己學過的東西。

當然，每天寫學習日記是很困難的，初次寫學習日記的同學甚至可能一個字都寫不出來，或者明明有溫習某項科目，卻想不起來任何內容。沒關係，一回生二回熟，一開始都不容易，但日後就會感受到有無這項習慣的差異了。

即日起，試著寫學習日記吧！只要下定決心，任誰都能辦到。

Q7 錯題筆記是什麼？

你聽過「錯題筆記」嗎？錯的相反詞是對，因此，錯題筆記就是指：匯集所有答錯的題目，統統整理在筆記本裡的意思。通常在考試時，錯過的題目又會答錯，這是因為沒有澈底理解、融會貫通，大略看看就直接跳過的關係，這時，如果整理出一本錯題筆記，就能一目了然自己究竟答錯過哪些題目、哪些部分不理解，並針對那些地方集中複習，補強精進。不只是學校進行的單元測驗，包括在家或補習班寫習題時答錯的題目，都可以彙整在這本錯題筆記裡，最後再用那本筆記複習，或應考前再重溫一遍，就能把考試準備得更為確實仔細。

唯有一點要注意的是，整理這本錯題筆記的最終目的是為了幫助自己學習，這點一定要銘記在心。老師發現，有些同學會因為寫錯題筆記而耗費太多時間，這本筆記絕對不是為了展現給家長或朋友看，純粹是為了讓自己了解做錯哪些題目、覺得哪些部分比較困難，讓自己方便加強那些地方而已，千萬不要花太多時間和力氣弄得很精美。

除此之外，建議要按照不同科目來分別整理錯題筆記，等累積一段時間後就會變成自己專屬、依科目分類的錯題筆記本，這樣就能一眼看出自己在哪些部分需要加強，集中複習，實力也會馬上提升。

現在就立刻動手做吧！可以先從自己最沒把握的科目開始，不需要一口氣把所有科目的錯題筆記統統做好，也不要在尚未嘗試前就喊困難、做不到，建議先買一本新的筆記本試試看。

Q8 我實在太愛智慧型手機了，該如何是好？

可能許多人都已經有智慧型手機了，而且常常用它來打電動或觀賞YouTube、TikTok影片，老師也有收看YouTube影片，雖然不是在玩手機遊戲，但經常看影片和新聞，老師也不得不承認，自己的確不知不覺長時間盯著手機螢幕。

不過老師是成年人，大腦已經定型，不再發育，而你們將來還會需要經常使用大腦，頭腦也會繼續成長；智慧型手機遊戲和影片多數不需要深入思考，取而代之的是提供短暫且強烈的刺激，這會導致位於大腦前端的前額葉變得越來越不發達。前額葉是掌管思考、判斷等功能的區域，在我們的大腦裡是非常重要的部位，當各位在用智慧型手機打電動或觀賞YouTube影片、電視節目時，負責思考與判斷的前額葉起不了太多作用，為什麼呢？因為這些活動往往都不需要太多思考，只要做出簡單、即時反應就好。

各位猜猜看，什麼時候我們的前額葉會運作得最活躍呢？正是閱讀的時候。老師也能理解各位為何會如此深愛智慧型手機，然而過度使用的話，不僅前額葉會變得不發達，也容易影響睡眠、視力變差、腰椎和頸椎容易出問題。像老師這樣的大人，大腦和身體都早已停止成長，不太受影響，但小朋友最好還是選擇看書而不是看智慧型手機。

我知道突然要戒掉手機一定很困難，不妨先從記錄自己一天的手機使用時數開始，再循序漸進減少使用量。試著利用看手機的時間來運動或從事興趣愛好如何？其實會比想像中還要有趣喔！

Q9 什麼是零碎時間，要如何運用？

各位明白「零碎」這個詞的意思嗎？若是去查字典，這個詞被定義為「以固定用途使用完畢後剩餘的細瑣東西」，那麼，「零碎時間」又是什麼呢？在學校，課程之間的下課時間便是零碎時間；吃完營養午餐後，下一堂課尚未開始前的那段時間也是零碎時間；若是在家，就是指晚餐前後的剩餘時間。

時間是非常寶貴的，老師我往往很早就抵達學校，觀察班上的孩子一早都在教室裡做什麼，下課時也總是在一旁默默觀看學生之間有無衝突或爭吵，每次觀察都會發現，虛度光陰的孩子實在太多。早自習時間通常是二十到三十分鐘，大部分的人什麼事也不做，坐在位子上發呆，要是能利用那段時間靜靜看書，或者預習一下當天要上課的內容該有多好，可惜大部分的學生都不會妥善利用那段時間，即使畫畫或摺紙都比在位子上放空來得好，因為什麼事也不做就等於是將時間扔掉。

韓國小學三年級道德課本的第四單元〈節儉的我們〉，其中提到「猜猜有沒有五分鐘」這項遊戲，就是每個人都閉起眼睛，當你覺得已經超過五分鐘便舉手，和大家分享什麼事也不做、讓這五分鐘白白流逝的感受。每個人對於時間流逝的體會不盡相同，可以透過這項遊戲來說說看，自己何時會覺得時間走得好緩慢，何時會感到走得好快。

現今小學的上課時間為每節課四十分鐘，下課十分鐘，剛才介紹的「猜猜有沒有五分鐘」遊戲等於一半的下課時間。每個人的一天很公平，都是二十四小時，但每個人的感覺不同，也會運用在不同地方。五分鐘只要累積兩次，就會變成十分鐘的下課時間，而這些時間積少成多，就會變成一天二十四小時。一個人的人生與未來，會隨著如何運用大家同樣擁有的時間而有所不同，可以從如何妥善運用零碎的時間著手。

Q10 不是不會讀書，是不願意讀書！

我算是比較常進行單元評量的老師，在我負責教導四年級時，每次只要教完一個數學單元就會進行一次單元評量，另外也會安排英文單字小考、國語聽寫。批改計分時，我往往會發現功課好的孩子不論數學、英文還是國語都很擅長，但是數學程度較差的學生，英文和國語聽寫成績也不盡理想。

數學這一科是如果沒有理解該單元的內容，或上一學期疏於學習，就可能拿不到好成績；但英文和國語聽寫不同，英文是從上課講義、國語則是從聽寫級數表*當中出考題，因此，數學是最難預測考題且容易答錯的科目，而英文和國語則是能在考前充分做足準備。儘管如此，只要批改英文單字和國語聽寫考卷就會發現，數學不好的孩子，英文和國語的分數通常也不高，這究竟是為什麼呢？

因為這樣的孩子自認不會讀書，久而久之，就會視成績差為理所當然，用稍有難度的專有名詞來形容即是「習得無助」。舉例來說，假設你在某項考試當中拿到了較低的分數，一開始可能會被那樣的分數嚇到，備受打擊，倘若接下來幾次的評量考試又再度拿到低分，長期下來就會漸漸習慣那樣的分數，最終視為理所當然。

讀書是只要各位稍微費點心思，任何人都能做好的事情，一定要親身體驗認真複習就能拿高分的感受，亦即「原來只要努力就可以」、「原來我認真複習考試範圍，就會得到不錯的分數」，這樣各位才會在升上國、高中後，也帶著堅定的意志不放棄學習。許多小學生並不是不會讀書，而是不願意讀書，不妨試著打破這樣的框架吧！

＊聽寫級數表：韓國小學會將教學內容分成好幾級來測驗學習成效，每個學校的聽寫級數表略有不同，但大致上大同小異。

動小說

山谷學堂的 10 日任務

作者：李相學｜繪圖：李甲珪｜翻譯：尹嘉玄

總編輯：鄭如瑤｜主編：陳玉娥｜編輯：劉瑋｜美術編輯：YuJu
行銷副理：塗幸儀

出版：小熊出版／遠足文化事業股份有限公司
發行：遠足文化事業股份有限公司（讀書共和國出版集團）
地址：231 新北市新店區民權路 108-3 號 6 樓｜電話：02-22181417 ｜傳真：02-86672166
劃撥帳號：19504465 ｜戶名：遠足文化事業股份有限公司
Facebook：小熊出版｜ E-mail：littlebear@bookrep.com.tw

讀書共和國出版集團網路書店：www.bookrep.com.tw
客服專線：0800-221029 ｜客服信箱：service@bookrep.com.tw
團體訂購請洽業務部：02-22181417 分機 1124
法律顧問：華洋法律事務所／蘇文生律師｜印製：凱林彩印股份有限公司
初版一刷：2023 年 12 月｜定價：380 元｜ ISBN：978-626-7361-34-4（紙本書）
9786267361375（EPUB）
9786267361382（PDF）

書號：0BIR0082

國家圖書館出版品預行編目（CIP）資料

山谷學堂的10日任務／李相學作；李甲珪繪；尹嘉玄譯. -- 初版. -- 新北市：小熊出版，遠足文化事業股份有限公司，2023.12
256面；14.8×21公分. --（動小說）
譯自：혼공하는 아이들
ISBN 978-626-7361-34-4（平裝）
862.596　　112015629

小熊出版官方網頁　小熊出版讀者回函